Fan
ファン文庫
TearS

猫の泣ける話

JN131078

株式会社 マイナビ出版

TearS

CONTENTS

猫が飼いたい

天ヶ森雀

キッチンカウンターにある、透明なプラケースに入った白い粉末を凝視する。

視線をスライドさせると、コンロの上では鍋の中身がコトコト美味しそうに煮えていた。たっぷりの野菜と出汁代わりの上質なお肉が少し。滋味豊かな味に仕上がりつつあるはずだ。けれど白い粉を足したらもっと彼の好みの味になる。――彼の命を縮めながら。

コトコトコトコト煮詰まっていくスープは、私の中にある殺意とリンクしているかのようだった。濃く、もっと濃く、ぐつぐつと。目をケースに戻す。

――足す？　足さない？　ほんの一匙《ひとさじ》、いや指ひとつまみでもいい。

これは完全犯罪の極秘アイテム。どんな家にもある、永遠に腐らない魔法の粉。

これを毎食少しずつ料理に足すだけで、私は夫を殺せるのだ――。


「猫が飼いたいから離婚して下さい」

そう告げた時の夫の顔は、

――この生き物は何者で、一体何を言っているんだ？

と、まるでエイリアンに話しかけられたかのようだった。

それはそうだろう。連れ添って三十五年。特に波風が立つ事もなく夫はもうすぐ還暦を迎えるし、私も後数年でそれに続く。今更離婚？　しかも猫を飼いたいから？　けれど私は本気だった。猫が飼いたかった。

恵まれた二人の子供はそれぞれ結婚や就職を機に家を出た。現在我が家には夫と私の二人きり。いや、正確には二人と一匹と一羽だ。既に十五歳になるミックス犬のポチと、まだ一歳にもならない文鳥の桜《さくら》がいる。

私は猫が好きだった。丸くて柔らかくて気まぐれな生き物。子供の頃、親戚の家や仲の良い友達の家にいた猫は、慣れると撫でさせてくれたり膝の上で甘えてくれたりした。けれど父が転勤族で社宅暮らしが多かったし、加えて母が猫アレルギーだったから、当時は猫を飼うなんて想像も出来なかった。

働き始めて一人暮らしをしてからも、動物は飼えない賃貸だった。そもそも仕事と遊ぶのが忙しくて、ペットの世話をする余裕も暇も全くなかった。

やがて夫と出会い結婚した。彼はずっと実家暮らしで、自宅で飼っていた文鳥を当然のように新居に連れてきた。まだ互いに夢中だった時期だから、私は喜んで受け入れる。一緒に可愛がって暮らした。

そうして二人と一羽の暮らしから始まり、子供が生まれ、ローンを組んで買った一戸建てで、夫が犬を飼いたいと言いだした。ずっと犬を飼うのが夢だったのだという。子供達も大喜びで賛成し、多勢に無勢で押し切られた。知人の家で生まれたふわふわのミックス犬が我が家にやってきた。小さな命を愛《め》でながら、ふと、私は猫を飼いそびれたと気付いた。

元よりどうしても猫が飼いたかったわけではない。縁があれば飼ってみたい、その程度だった。残念に思うほどの事でもないと、私は自分に言い聞かせる。

やがて夫も子供も仕事や塾に忙しくなり、犬の世話は殆《ほとん》ど私がする事になった。やや憮然としながらもこんな事はよくある話だと、私は再び自分に言い聞かせる。毎日餌と水をやり、散歩に連れて行ってブラッシングをしてやる。当然犬は私に一番懐いたし、それなりに情は湧いたけれど、私は犬が好きでも嫌いでもなかった。ただそうあるべきように、家族の一員として接していた。

一方夫が飼っていた文鳥は長生きしたが、それでも十六年目に老衰で天に召された。さすがに悲しかったし、可愛がっていた夫の心痛も感じて辛かった。

やがて子供が手を離れ、夫婦と犬だけの生活になると、夫は新しい文鳥の雛を買ってきたのだった。私に一言の断りもなく。

胸の奥が微かに軋む。小鳥は嫌いじゃない。手もかからない。けれど以前私が「猫を飼ってみたい」と呟いた時、彼は「猫は小鳥が危ないから無理だよ」と当たり前の顔をして言ったのだ。鳥がいたら猫は飼えない。

鳥も猫も寿命は十年から十五年くらい。鳥の寿命が尽きる頃、私は後期高齢者の年齢にさしかかる。猫が飼える体力や寿命がある確信はない。

そうして私は改めて猫を飼えない事実を悟り、薄暗い絶望に覆われる。叶えられなかったささやかな望みへの単なる未練なのかも知れない。だけど私は日々の生活の中で、ピンと立つ長い尻尾や時折動かす三角の耳や、思い出した時だけ甘えるような無言の瞳を眺めてみたかった。勿論《もちろん》簡単な事ではないだろうけど、ひとつくらい自分の望みを叶えてもいいではないか。もうその為の時間も残り多くはないのだから。だから口に出した。

「猫が飼いたいから離婚して下さい」

しかしその願いが叶えられる事はなかった。夫が緊急入院したのだった。


きっかけは靴擦れだった。新しい仕事用の靴が足に合わなかったらしく、できた靴擦れが化膿し、細菌が下半身に回って腫れた。元々血糖値が高かった夫は日々の疲労の蓄積で免疫力が低下していたらしい。気が付けば両足共、倍に膨れ上がっていた。動くのも困難な様子に慌てて救急車を呼ぶ。細菌を殺すため直ちに二十四時間抗生剤の点滴が始まった。しかし炎症反応による血糖値の上昇は抗生剤も効き難くさせ、抗生剤が効かないと血糖値は更に上がる。悪循環を断ち切るためにインシュリンの注射と食事制限も始まり、夫は三週間の入院を言い渡された。

それでも入院中はよかった。夫の体は病院が守ってくれる。私は夫から届く「食事が少ない。帰りたい」というメッセージを読み流せばよかった。

しかし足の腫れが引いて退院すると、今度は食事の調整が私の肩にかかってきた。夫は料理に全く興味がない。いつの間にか私の離婚の申し出はなかった事になっていて、なぜかカロリー表と睨めっこする羽目になった。

彼は酒も煙草もやらないし、そしてそれが好ましいと思って結婚したのだが、その分食べるのは大好きだった。特に甘い物、揚げ物、肉、炭水化物等カロリーが高い物を好む。それでも若い頃は運動量があったのか痩せていたが、いつしかだんだんまあるくなって、会社の健康診断がある度に「血糖値高し、要注意」の警告を受けていた。あまつさえ栄養指導にも同行させられた。

糖尿病が怖いのは、自覚症状がない事だ。日常生活に差し障りがないからと油断し、気が付けば地雷源に足を突っ込むことになる。

内科を定期的に受診し、私が気を遣った食事を心がけてみても、夫は平気で甘い物や揚げ物を買ってきた。仕事のストレスもあったのかも知れないが「たまにならいいだろう」そう言って。「たまに」が頻繁すぎて、何度かさりげなく注意したら「そんな事を言っていたら何も食べられないだろう！　俺だってちゃんと考えてる！」と逆ギレされ、何かがプツンと切れてしまった。

しょせん私の体ではない。彼の体なのだ。言っても無駄ならしょうがない。切り詰めて買った高めの減塩調味料やこんにゃくご飯の素、高価なノンカロリー甘味料が全部水の泡になるように思えて買うのをやめた。そうして私は彼の摂取カロリーを気にするのをやめてしまった。その結果が今回の入院に繋がったのだろうか。

炎症により血糖値が高くなりすぎた夫は、退院後も一日三回のインシュリン注射と四回の血糖値測定を余儀なくされた。結局再び食事管理は私がしなくてはならない。案の定、あれだけ人の努力を無駄にしておいて、夫は肉や揚げ物を食べたがる。文句を言わないだけ犬や文鳥の方がマシだった。

とは言え家族なので。不本意ながらまだ夫婦ではあるので。私はカロリー表と首っ引きになった。

夫の一日の推奨摂取量は約千七百キロカロリー。感染症の再発が怖くて運動も無理は出来ない。肉や魚はカロリーが高いから、量は増やせない。彼の大好きな揚げ物は尚更だ。見た目の貧しさを補うにはひたすら野菜を交ぜて嵩《かさ》を増すしかない。野菜の副菜を二、三品つける。カロリーを把握する為に、切った肉や魚、野菜をひたすら量りにのせて計算した。正直かなり手間だった。

それでも「これだけ?」と文句を言われてムッとする。日々の家事やパートをこなしながら、予算とカロリーと栄養を考えて精一杯やっているのに。

「不満があるなら自分で作れば?」そう言うと夫は黙り込んだが、顔には不満が貼り付いていた。知るものか。こっちはプロではない。無料のボランティアなんだから。もやしのレンチンが続かないだけ感謝して欲しい。

病院で三週間寝たきりだった夫は体力も筋力も落ちていた。しかも腫れた足が水疱《すいほう》になって皮が破れ、あまり動くと擦れた場所から体液が滲《にじ》みでる。当然家の中の事も犬の世話をするのも全部私だった。まだ半病人だから仕方ないとはいえ、微妙に不満顔の夫と二十四時間一緒にいてストレスが溜まらない筈《はず》はなかった。

ふと考える。

もしこんな風に動けなくなったのが私だったら？　夫は私の世話をしてくれるだろうか？　仕事をやりくりして犬の散歩にも行ってくれるのだろうか。肝心の食事は？　彼がしている鳥の給餌とは当然訳が違う。

実際、子育て中はそんな事をしょっちゅう考えていたのを思い出す。勿論真面目に働いて養ってくれていた訳だし、忙しかったから仕方ないとも思っていた。だけど子供達が小さい頃の、家族のセーフティネットは常に私一人だった。何があっても倒れるわけにはいかないし熱を出すわけにもいかない。

——否、今もか。更年期を迎えて精神的にも体調的にも不安定だが、今私が倒れたら誰が夫と犬の世話をするのだろう。そう考えるとどこか釈然としない。

事実、夫は入院中も退院してからも、一言の感謝もなく、当たり前のようにこちらに全てを押しつけている。そして彼はリビングのソファに寝転がったままテレビを付けっぱなしにし、犬の頭を撫でたり文鳥を可愛がったりしていた。しかも「よしよし、いい子にしてたか」と優しい声まで出して。

一番気に障ったのはそこかもしれない。色々と苦心しているのは私なのに、犬や鳥にばかり優しい顔を見せる夫。夫の入院中、結局その犬も鳥も面倒を見ていたのは私なのに。つい心の中にもやもやと黒いものが湧き上がる。

私が飼いたいのは猫なのに。私が飼いたかったのは猫なのに。

この家に猫はおらず、私は一人、夫のためにあれこれ苦労し続けている。その不条理さが、癪《しゃく》に障って堪らなくなった。

それとなしには言った。

「少しくらい感謝してくれてもいいんだけど？」「今時カロリーなんてスマホですぐ分かるんだから調べて」「不満があるなら口に出して言ってよ」

夫はいつも聞こえぬふりだ。ぐつぐつと、私の中にある何かが煮詰まっていく。犬も鳥も可愛い。でも夫が可愛がっているのを見ると堪らなく不愉快だった。

鍋の中ではスープが煮えている。カロリーを落としてボリュームのある料理を作るには野菜スープが一番だ。水分を少なめにすると旨みが濃くなって尚良い。それだけ使う調味料を減らせる。つまりは塩分や糖分が。だけどあとひとつまみ、砂糖や塩を足せば、スープはもっと美味しくなる。濃い味が好きな夫の好みの味になる。

いっそ砂糖と塩を足してしまおうか。基本中の基本、あって当たり前の調味料。この二つを増やせば夫の体調は悪化する。血糖値が上がれば失明や足を切断する場合もある。塩分過多は脳梗塞を引き起こし、彼の寿命は縮むだろう。

真っ黒な闇が心を覆っていく。一日の推奨塩分は六グラム。毎食二グラムずつ足すだけであっという間に倍にできる。誰にもばれやしない。医者が何か言うようなら「ストレスに負けて間食してたのかも」と言えばいい。実際、夫がこっそり何かを買って摘まんでいるのを知らないわけじゃない。

家のローンは夫の死亡時完済できる契約だし、生命保険の受け取りも全部私だ。今のパート収入でも食べていけない事はない。私は晴れて一人になって、この家で猫が飼えるだろう。ぼんやりと脳裏に子猫の姿が浮かび、小さな生き物は真っ黒な目を向けて、私に「にゃー」と鳴いた。

「猫を、飼ってみるか？」

「え？」

冷蔵庫からお茶を出してコップに注いでいた夫が、ボソリと言った。ふと、鍋に向かっていた体がガチガチに力んでいた事に気付き、慌てて力を抜く。

「なあに、急に？」

「いや、飼いたがっていただろう。今すぐに、とはいかんかもしれんが」

「だって、ウチには文鳥《さくら》がいるじゃないですか。犬《ポチ》だって散歩中に猫を見かけるとすぐ追いかけようとするから相性は良くなさそうだし」

本当だった。ポチは老いておっとりしてきたが、猫を見ると追いかけたがる。

「そうだな。その辺は相性を見る事になるが……桜をケージから出す時は部屋を閉め切ればいいし、犬《ポチ》も棲み分ければ何とかなるんじゃないか？」

彼はなんで急にそんな事を言い出したのだろう。ふと思いつく。

「……今離婚されたら困るとでも思った？」

幾分皮肉を込めて言ってみる。入院前に離婚を切り出した事を、夫が覚えているかどうかも定かではなかったけれど。

夫はコップに注いだお茶を少し飲むと、考え考え言葉を紡ぎ出した。

「まあ、それもなくはないが。飼いたいんだろう？」

意味が分からない。いや、最初に意味の分からない事を言い出したのはこっちだけど。彼の真意がよく分からない。

「お前には……苦労ばかりかけてるからなあ」

そう言われた途端、体中で煮詰まりかけていた何かが、砂糖にお湯をかけたように溶け始めた。なんで今更。なにを今更。

「それで猫？」

「……入院中、自分に万が一の事があった場合を考えたら……わざわざ離婚して猫を飼うよりこの家で飼う方が効率的だろう、そう思って」

「はあ⁉」

「ポチももういい歳で長くないだろうし、俺が死んだ後、お前を一人にさせるのもしのびない気がしてなあ」

溶けたものが再沸騰する。何を言っているのだこの人は。馬鹿じゃないの？

私は大きく息を吐いた。夫にもはっきり聞こえるように。

「だったらさっさと早く良くなって下さい！　軽くストレッチしてみるとか！

カロリーもちゃんと自分で意識して！」

「あー……」

夫は嫌そうに顔を背けたが、私はここぞとばかりに畳みかける。

「少なくともあなたが自分で努力してくれないと、これ以上生き物の世話なんて手が回る筈ないでしょ！」

事実今より、命の責任を負う余裕は全くなかった。

けれど二人ならいつかは……？

「そうか……そうだな。うん」

夫は不満そうだったが、言いたい事を言うと気が抜ける。久しぶりに夫とちゃんと喋《しゃべ》った気がした。そして彼なりに私の事も考えてくれていたらしい。思いきり的は外れているけど。

――そっか。猫は飼えるけど、離婚はなしか。

諦念と脱力の笑みが浮かんで消えた。

それから、夫はたまに散歩や買い物に同行するようになり、時々食材のカロリー表示を見るようになった。私の肩が少しだけ軽くなる。私の多大な努力と夫のささやかな心がけが功を奏したのか、外来では快復傾向を認められインシュリン量が少しずつ減らされた。そしてやっと気付く。あの時ぐつぐつと煮詰まり続け、夫の言葉で溶けていったのは、私の中の『寂しさ』だった。

――私をちゃんと見て。私の話をちゃんと聴いて。

それを彼も気付いたかはわからないけれど。

私は食事に塩も砂糖も足さなかった。やろうと思えばいつだってできるから。

その代わり、いつか夫がもっとちゃんと快復したら、私は気に入った猫を家に連れてきて飼おうと思う。猫にはシュガーかソルトと名付けたい。

星取り網と夜の猫

沖田円

「どうやったら星を手に入れられると思う？」

千冬《ちふゆ》にそう訊ねられたのは、繁華街の喧騒とは縁遠い質素な住宅街がすっかり寝静まった、午前二時のことだった。千冬は、真夜中だというのに罪悪感など微塵《みじん》も抱いていない様子で、色とりどりのこんぺいとうを食べていた。

「星って、ゲームの話？」

「現実の、宇宙の星の話」

もう風呂も済ませて寝巻きに着替え、ベッドに入り、眠る準備と言えば目を瞑《つむ》ることだけ、という状態だった僕は、そんなことはどうでもいいからとにかく早く寝かせてほしかった。とは言え、可愛い恋人の唐突すぎる問いを無視するのも忍びなく、のそりと起き上がってスマートフォンを手に取った。

あくびを嚙み殺しながら検索サイトを開き『惑星　購入方法』と打ち込んでみる。

「月とか火星の土地を売ってる会社があるらしいよ。あと、星を選んで名前を付けることもできるみたい」

「誰のものでもないものを、なんでお金払って買わなくちゃいけないのかな」

「さあね。けど高くなさそうだし、欲しいなら買ってみれば？　明日、もうちょっとちゃんと調べてあげるよ」

だから今は寝かせてくれ、と暗に言ったわけだが、千冬には伝わっていないようだ。「でも私の言ってることはそういうことじゃないんだよ」と、千冬はこんぺいとうを三粒口に含みながら言う。

「どういうこと？」

「星の所有権とかの話じゃなくて、私は、夜空に浮かんでるあの星を、この手に掴みたいの」

僕はベッドに腰掛けながら、目の前で仁王立ちする千冬を見上げ、何度か瞬きをした。

仮に千冬が四歳児であり、且《か》つ今が午後の二時であったならばその言葉をにこにこと笑って聞くことができただろう。だが彼女はれっきとした成人女性であり、且つ今は草木も眠る丑三《うしみ》つ時である。「そっかあ」などと優しく返事をしてあげることはできそうにない。

「千冬……星は、摑めない。すごく遠くにあるし、めちゃくちゃでかいから」

「知ってるよ。でもどうにか、ほら、このこんぺいとうみたいに、本物の星をちっちゃいきらきらのまま手にできないかなって」

「僕に言われても困るんだけど」

「困らないで、真剣に考えて」

真剣に考えているから困っているのだが。

僕は、大事な恋人がいよいよどうにかなってしまったのだと思った。千冬はこんな不思議なことを言い出すタイプではない。ならばきっと、ストレスが溜まっておかしな発言のひとつやふたつしたくなったに違いない。思い返せば近頃は忙《せわ》しない日が続いていたはずだ。よし、明日は休みだし、ゆっくり休んで労わってあげよう。そうしよう。だからとりあえず、今はまず寝るに限る。

僕がそう考えている間に、千冬が部屋から消えていた。今のうちに、と布団に潜り込むと、間もなくとたとたと足音を立てて千冬が戻ってくる。

「夏樹《なつき》」

呼ばれて渋々掛け布団から顔を出した。すでに電気を消した暗い寝室。廊下の灯りを背に立つ千冬は、なぜか虫取り網を持っていた。

去年の夏に、陽気な友人がカブトムシを捕まえるために百十円で購入し、酔っぱらった勢いで勝手に我が家へ置いていったものだ。玄関の下駄箱の横で、一年以上もただ佇んでいたそれを、千冬は一体何に使うつもりなのだろうか。

「やっぱり直接摑まえるしかないよね」

「は？」

「よし、星を取りに行こう」

何が「よし」なのか僕にはさっぱりわからない。

「今が何時だとお思いで？　行くなら明日の朝にしなよ」

「朝だと星が見えないでしょうが」

「じゃあ、まあ、仕方ない。行ってらっしゃい。事故と変態とお巡りさんには注意して」

真夜中に恋人をひとりで出歩かせることに不安がないわけではない。だが千冬もいい大人なのだ、心配だなんだと言って行動を制限するのはよろしくないだろう。やりたいことを自由にやるべきだ、僕も自由に眠らせてもらうから。

僕は再度布団をかぶった。千冬は、僕の布団を無慈悲に剝《は》いだ。

「夏樹も行こうよ」

「なんで僕まで」

「若い女性が夜中にひとりでうろつくのは危ないでしょ」

「千冬なら大丈夫だって」

というか、そう思うなら行かなければいいのに。と僕は思うのだが、千冬の中にはすでにそんな答えはないようだ。勇ましく虫取り網を掲げ、僕の恋人は満面で笑う。

「さあ行こう」

買い換えたばかりのバイクを走らせ三十分、辿り着いた小さな浜に、僕ら以外の人影はなかった。

夜の海はどことなく不気味だ。水平線があるのだろう場所には深い闇が続くばかりで、見つめていると、ひどく心細い気持ちになってくる。

僕は密かに鳥肌の立った両腕を擦った。千冬はと言えば、そんな僕にはおかまいなしに、堤防に立って空を見上げていた。

「うわあ、星がいっぱい」

バイクのライトを点けっぱなしにして——そうしないと何も見えなかったから——僕も堤防に上がった。立つのは少し怖かったから、砂浜のほうへ足を出して座った。

明かりの少ない海辺からは星がよく見える。僕は星には詳しくないから、どんな名前の星が見えているのかまではわからない。

「私の実家と同じくらい見える」

「よかったね。取り放題じゃん」

「間違いない。星掬い一回百円」

千冬は持ってきた虫取り網の柄をいっぱいに伸ばし、応援団が旗を振るようにぶんぶんと夜空に向かって網を振った。

僕は、近くに人がいなくてよかったと思った。こんなところを誰かに見られでもしたら、僕たちは警察のお世話になるに違いない。少なくとも僕が他人なら確実に通報する。

「千冬、星取れた?」

答えなどわかりきっていた。

「無理。取れない」

「だろうね」

「でももうちょっと頑張ってみるよ。なんか奇跡、起きるかもしれないし」

もちろん僕は、どれだけ頑張ったところで奇跡など起こらないことを知っている。

虫取り網なんてその名前のごとく虫を取るための網なのであって、そんなもので星を取れると思うほうが間違っているのだ。いや、そもそも星は掴まえられるものではない。仮に千冬が持っている百十円のその網が「星取り網」などという素敵な名前だとしても、だ。

「みっつ……ううん、ひとつでもいいんだよ。それだけでも、取れたら」

僕は頑張る千冬の隣で、ぼんやりと夜空を眺め、適当な星座を作って遊んでいた。馬鹿なことをしていると思っている。星座を作っていることが、ではなく、星を取るために真剣に網を振っている千冬に付き合っていることが、実に馬鹿々々しいと。

たぶん、千冬本人も、何をしているんだろうと頭では思っているだろう。けれど諦められないのだ。そして僕も、千冬がこんな無駄なことをしている理由にもう気づいているから、千冬を止めるつもりはなかった。

欲しいものを思うままに得られる人間なんて、アラブの石油王とかどこかの大統領とか、そういう類《たぐい》の人間だけだ。いや、きっと彼らだって、何もかもを自由に手に入れられるわけではない。たとえば不老不死の妙薬とか、火鼠《ひねずみ》の皮衣とか、夜空に浮かぶお星様とか、死んでしまったあの人とか。

この世には、望んでも手にできないものが山ほどある。はじめから存在しないもの。遠すぎて摑まえられないもの。もう二度と、戻ってこないもの。

「夏樹」

千冬が僕を呼んだ。その声は少しだけ震えていた。

星取り網は地面に向けられている。だらりと堤防に寝そべった網の中に光る星はもちろんなく、何も摑めないままの千冬は、遠い夜空を見上げている。

「駄目だ。やっぱり、取れない」

千冬はそれを誰に向かって言っているのだろう。きっと、自分自身にでも、僕にでもない。

千冬の見開いた目の端から涙が溢れた。

僕はその雫が星みたいに光って落ちるのを、見ていた。

「ごめん。星、取れないよ」

千冬の家族だった猫が死んだのは、一週間前のことだ。

あんこという美味しそうな名前の付けられた黒猫は、十年前から千冬の実家で飼われていた。元は親とはぐれた死にかけの野良猫だったらしいが、気品溢れる優雅なレディへと育った彼女に野良時代の面影など欠片もなかった。

あんこは、千冬にとって宝物だった。一緒に遊び、時にはそっけなくしつつも、落ち込んだときにはいつだってそばにいてくれる、大切な妹だった。

実家を出るとき、千冬はあんこと離れることが辛くて大泣きしたそうだが、あんこが「大丈夫だからいってらっしゃい」と言うかのように頰を摺り寄せたものだから、千冬も腹を決め目を真っ赤に腫らしながらも愛猫へ手を振り、新しい生活へ踏み出したのだと言う。

そして度々帰省する千冬を、あんこはいつでも待っていた。千冬は家に着くと何をするよりも先に真っ黒な妹のことを抱き締め、あんこのほうも、どれだけ自慢の毛並みをもみくちゃにされようとも、寂しがりな姉の好きなようにさせてあげていた。

僕は、一度だけあんこに会ったことがある。三ヶ月前に、千冬とふたりで彼女の実家を訪ねたときだ。

あんこは、初対面の僕に一切動じなかった。触らせていただけないだろうかと恐々手を伸ばした僕を一瞥し、「撫でてよし」と堂々腹を見せてくれたくらいだ。なんて寛大なんだと僕はすっかり感動してしまった。千冬に怒られるまで、黒いふかふかの毛を撫で続けた。

僕が千冬の実家にお邪魔した日は新月だった。夜、客間から続く縁側で、見たことのない数の星が浮かぶ空を見ていると、隣にあんこが座った。あんこも金色の瞳で、僕と同じように、夜空を見上げていた。

あんこは空を見ながら、右手をひょいと招き猫のように持ち上げた。何をしているのだろうと思っていたら、やがてやって来た千冬が、星を取ろうとしているのだと教えてくれた。

「あんこは夜の色と同じだから、自分のことを夜空だと思ってるんだよ。もしくは、夜空のほうをものすごく大きい黒猫だと思ってるか」

つまり、夜の色をした猫は、大きい夜空には当たり前にあるきらきらした綺麗なものが、自分の身にもあればと思っていたのだ。あんたのところにはいっぱいあるんだからひとつくらいあたしにちょうだいよ、なんてことを思っていたかどうかはともかく、あんこは星を拾うように、ぽてりとした手を何度も夜空へ向けていた。

「よほど星が欲しいんだね」と僕は言った。すると千冬が、

「だったら次に帰ってくるときに、みっつくらいお土産に持ってきてあげる」

と、冗談混じりにあんこと約束をした。

あんこも、にゃあ、とどこか嬉しそうに鳴いていた。

でも結局、その約束が果たされることはなかった。星を手に入れられなかったからではない。あんこが死んでしまったからだ。

あんこは一週間前の朝、突然体調を崩し、連絡を受けた千冬が駆けつけるほんの少し前に息を引き取った。

いつでも千冬の帰りを待っていたあんこは、その日だけは千冬を待ってくれなかった。千冬を待たず、二度と会えない場所へ、黒猫はたったひとりで行っ

てしまったのだった。

「私、あんこを看取ることもできなかった」

千冬は泣きながら、かつてあんこがそうしていたように夜空を見ていた。役目を果たさない星取り網を、右手に握り締めたまま。

「ならせめて、約束くらいは守りたかったの。私が冗談で言ったこと、きっとあの子は信じてた。だから、あの子のために、本物の星を取ってあげたいと思った。取らなきゃいけなかった」

千冬の唇は震えている。もう星なんて見えていないほど瞳には涙が張っているのに、千冬は顔を伏せず、それが義務であるみたいに、星を睨んでいた。

僕は立ち上がる。「ねえ千冬」恋人の右手を、星取り網ごと握る。

「人の魂は死んだら空に行く。ならたぶん、猫だってそうだよ」

千冬は僕に目を向けたけれど、僕が空を指差すと、洟《はな》を啜《すす》り、釣られるようにもう一度顔を上げた。空には、ごはんにかかる胡麻塩みたいに星がちりばめられていた。

「骨とか灰とか、そんなのはお墓にあるのかもしれない。でもあんこの一番大事なところは、今は空にある」

それは、今の僕たちが立つこの場所よりも、よっぽど星に近いところだ。

千冬とあんこの約束は、果たされることはなかった。けれどふたりが紡いだ愛情の上では、そんなことは些細なことのように思えた。寛大なあんこならきっと許してくれるだろう。そして今も、間違いなく、彼女は千冬が大好きだ。

夜の猫は、本物の夜になり、今もこの大きな空に紛れて僕らを見守ってくれている。僕は、そう思っている。

「……そっかあ」

千冬は確かめるようにゆっくり呟《つぶや》き、左手で雑に瞼《まぶた》を拭った。涙の晴れた横顔に、もう後悔はなかった。

「じゃあ今のあんこは、自分で星を摑めるんだね」

「きっと何個だってわさわさ摑める。取り放題だ」

「なるほど」

千冬は「星の摑み取り一回百円」と呟いた。

「ねえ、夏になったら、あんこのお墓にこんぺいとうを供えるよ」

「なんで？」

「星に似てるから。あんこがお盆に帰ってきたとき用」

まあいいんじゃないだろうか。こんぺいとうは暑くても溶けにくいし。星と違って、食べると甘くて美味しいし。

と言うと、千冬は鼻の頭に皺を寄せて笑った。僕も自然と顔が緩む。

あんこが幸せであるのなら、きみも幸せなのだろうか。

千冬が笑っていてくれれば、僕も笑っていられるように。

「夏樹」

堤防からジャンプした千冬が振り返って僕を呼ぶ。

僕も地面に降り立って、もう一度だけ空を見た。そして、あの空のどこかで、自分の星を見せびらかしている夜の猫の姿を思い、僕らの幸福を願った。

コーリング・ユー

浜野稚子

ドアを開けると、ヘッドボードの棚の上に寝そべっていた猫のナーが首を持ち上げた。白地に黒のバイカラーの毛並みは牛を思わせる。鼻下の丸い膨らみにカイゼル髭《ひげ》のような模様が入った愛嬌ある顔だ。琥珀色の大きな瞳が文乃《ふみの》を見つめる。「なあ」と呼びかけるような鳴き声に、「すぐ戻るから、ちょっと待ってて」と応えて文乃は自室を出た。

両親が折れるまで立て籠もってやると意気込んでいたのに、不覚にもお腹が空いてしまった。もうすぐお昼の十二時だ。昨日の六時に夕食を食べて以降何も口にしていない。腹が減っては戦は出来ぬ。文乃は静かに階段を下りた。

一階に着いた途端母に遭遇し、

「そのパジャマ、ナーの毛が付いてるから脱ぎなさい」

着替えと共に洗面所に押し込まれた。

母は文乃の立て籠もりを「反抗期」というありきたりな言葉で片づけようとしている。冗談じゃない。ここから戦いの第二ラウンドだ。Tシャツとデニムのショートパンツに着替え、肩をいからせリビングダイニングに入った。

「おお、文乃、夏休み初日からゆっくりしてるなあ。よく眠れたか？」

ソファに座った父が鬱陶しいほど晴れやかに言う。五つ下の妹の清乃《きよの》はローテーブルで朝顔日記に色を塗っていた。文乃はふたりを視界の端であしらい、無言で足を進める。昨日までそこにあったキャットツリーと猫用のトイレは撤去されていた。露わになった壁がやけに白く浮き立って見える。「無いこと」の違和感が、そこにそれらがあった記憶を余計に呼び起こさせた。ナーが定位置としていた出窓の床板にはささくれのような爪痕が残っている。

昼食の準備を始めた母がキッチンカウンターから顔を覗かせた。

「もったいないから朝ご飯も食べちゃいなさい」

ダイニングテーブルの上にラップされたハムエッグとトーストの皿が載っている。これを持ってすぐにでも二階の自室に戻りたいところだが、母が許してくれないだろう。文乃は仕方なく椅子に掛けた。家族は腫れ物に触るような気遣いで日常を装っている。何事もなかったかのように、昨夜文乃が爆発させた怒りをスルーするつもりらしい。文乃はそのわざとらしい平穏に噛みつく。

「ねえ、清乃さえナーに近づかなければ問題ないんでしょ？　だったらナーはこのまま私の部屋に閉じ込めておけばいいじゃん」

張りつめた空気が小さな穴から漏れだすみたいな音を立てて、父が溜息をついた。清乃が亀のように首をすくめ、母はあからさまに顔を引きつらせて文乃を睨む。

「お姉ちゃん、しつこいよ。ナーはもううちでは飼えないって言ったでしょ」

母は文乃を名前でなく「お姉ちゃん」と呼ぶ。清乃から見た続柄が文乃の名称になっている。この家の中心は清乃なのか。

文乃は乱暴に卵の黄身にフォークを突き立てた。オレンジの黄身が血を流すように零れることを期待したのに、両面焼きの卵は黄色い欠片を皿の上にポロポロと散らしただけだった。

清乃の猫アレルギー発症は突然だった。顔が腫れて目鼻が痒《かゆ》いと言い出したのはひと月ほど前、梅雨入りの頃だ。くしゃみ鼻水の症状がひどくなり、耳鼻科のアレルギーテストで原因が猫だと確定した。薬で症状は多少改善されるが、アレルゲンを離さなければ治まらない。両親は夏休み初日の土曜日をナーとの別れの日に決めた。文乃は泣きわめいて反対し、ナーを自室に連れて閉じこもったのだ。たかが猫とはいえナーは我が家に五年も暮らしている家族だ。追い出すなんてありえない。清乃が少し我慢すればすむことじゃないか。

「私は嫌だ。ナーと離れない」

文乃が首を横に振ると、母は額の皺を深くした。

「隔離すればいいってもんじゃないの。猫のフケとか毛は家中に散るんだから。お姉ちゃんのパジャマも毛だらけだった。清乃のことも少しは気遣ってあげなさい。ナーと別れるのは清乃だって辛いのよ。六年生なんだからわかるでしょ？」

言い返せばヒステリックな小言が続くだけだ。文乃は母に背を向けトーストをかじる。抑えきれない苛立ちは貧乏ゆすりになった。清乃は当て擦るようにくしゃみを連発する。父が文乃の向かいの席に移動してきた。

「僕らはナーを捨てるわけじゃないんだよ。理子《りこ》に返すんだ。理子ならナーと相性がいいこともわかってるから安心だろ？」

安心なものか。理子は一度ナーを裏切っている。

父の妹、文乃の叔母である理子は、ナーの最初の飼い主だ。結婚相手が動物嫌いだったため理子はナーを文乃に託した。その理子がまたひとり暮らしを始めたのでナーを引き取るという。両親は言葉を濁したが、つまり理子は離婚したのだ。結婚のためにナーを手放したくせに、ひとりになった寂しさを癒してもらおうなんて勝手だと思う。

文乃はトースト一枚を腹に収めると再び二階の自室に閉じこもった。

玄関チャイムが鳴ったのは三時前だ。清乃が大げさに理子を出迎える声がして、母が家に上がるよう促している様子が文乃の部屋にも伝わってくる。ナーが連れていかれてしまう。抱っこしようと伸ばした文乃の両手を、ナーは無情にもすり抜けてベッドから降りた。ナーは抱っこが苦手な猫なのだ。

軽快に階段を上る足音が響く。「文乃ー、ひっさしぶりぃー」という歌うような声と同時に部屋のドアが開いた。甘い香水の香りが流れ込み、理子が姿を現した。目鼻がバランスよく収まった小さな顔には夏らしい光沢のあるメイク。

ブルーストライプのノースリーブシャツと相まって爽やかな印象だ。四十歳という年齢よりも若々しく、離婚でやつれた様子も感じられなかった。

理子は文乃がナーとの別れに同意していないのを知っているはずだ。相談すれば味方になってくれるかもしれない。上目遣いで窺うと理子はウインクするみたいに片方の目だけ細めた。わかっているよという合図だろうか。

「理子ちゃん、……あのね」

文乃がぼそぼそと口を開いたとき、

「ナー、おいで」

理子は肩に担いでいた猫用キャリーバッグを床に置いて、勉強机の下をのぞき込んだ。ナーは身を丸めて毛繕いしていた。カイゼル髭の紳士が、何かね？とでも言うように顔を起こす。構われるのを嫌うはずのナーが、差し出された理子の手にそっと顔を近づける。ピンクの舌先が理子の指先を舐めた。理子は反対の手でナーの首の後ろを撫でてその体をあっさりと抱え上げた。ナーは弛緩した後ろ脚を重力に任せて揺らし、一心不乱に理子の手のひらに顔を埋めている。理子は無抵抗のナーを難なくキャリーバッグに入れてしまった。

「ナーの好きなリップクリームを指に塗ってきたの。これを付けると唇でも舐めに来るよ。赤ちゃんの口に入っても大丈夫なものだから安心してね」

「ま、待って、理子ちゃん、ナーを連れていかないで」

理子の腕にすがりつく。

「文乃、電車に乗れるでしょ？　私、引っ越したんだ。前より近くになったよ。電車で二十分くらいかな。ナーに会いたいときはいつでもうちにおいで。ね、今ここにナーがいたら、清乃がかわいそうだし」

病弱な清乃はかわいそうだと同情されて、割を食うのはいつも文乃だ。沸騰した湯に気泡が上がるように文乃の奥底から怒りがこみ上げてくる。それは息苦しさを伴って喉を通り、叫びになった。

「だったら清乃がいなくなればいい。理子ちゃんは離婚して寂しいんでしょ？　じゃあ清乃を連れてって」

理子は大きく目を見開いた後、眉をギュッとハの字に下げた。

「そうなんだよね、寂しいのよ、私。でも子供を育てる自信はないの、ごめん。……キャットツリー運ぶから、文乃これからうちに手伝いに来てよ」


　ナーが初めてうちに来たときのことはよく覚えている。理子が白いケージに入れて運んできた。リビングの床に置いて扉を開いてもナーは警戒してなかなかケージの外へ出てこなかった。小学一年だった文乃は早く一緒に遊びたくて、ナーを摑んで引きずり出そうとした。「無理矢理はダメだよ」と理子が代わりに誘い出してくれた。そのときも理子は手にリップを塗っていたのかもしれない。

「ナーはね、素っ気ないけど、寂しそうにしてると気にしてくれるよ。凹んでたときにペットショップの籠を眺めてたら、話しかけられたの、『なぁ』って。だから名前はナー。マンチカンだけど足が長くて売れ残っちゃったんだって」

　ベビーベッドで昼寝から目覚めた清乃が泣きだし、ナーはその声の大きさにびっくりして出窓に飛び乗った。両親は揃って清乃のところへ行ってしまった。理子は他の大人と違ってあまり赤ちゃんに興味がないように見えた。「赤ちゃんはかわいいでしょう？」「妹が生まれてうれしいでしょう？」聞かれ過ぎてうんざりしていたそれらの台詞を、理子は文乃に言わなかった。

清乃が腹にいる間に、母は二度入院して文乃は置いてきぼりにされたし、生まれたら生まれたで母の視線も腕も心も清乃に奪われた。率直に言えば、妹なんてかわいくない。しかしそれを口にすれば咎《とが》められることもわかっていた。

「私の旦那さんになる人は残念ながら動物が苦手でね、私、ナーと一緒に暮らせなくなっちゃったの。だから文乃、ナーをよろしくね」

理子は文乃にナーという味方を授けてくれた。それなのに――。


運転する理子の後ろの席に座り、文乃は隣の席のキャリーバッグを見下ろす。メッシュから覗くナーの様子はすこぶる落ち着いていて、がっかりした。家を出される寂しさを少しくらい感じ取ったらいいのにと恨めしく思う。

「理子ちゃん、どうして離婚しちゃったの？　やっぱり動物が嫌いな人とは仲良くなれなかったの？」

ここに母がいたら、「人の気持ちを考えなさい」ときっと叱られただろう。考えてきたからこそ文乃は疑問だった。動物嫌いの人なんて、毎日かわいい猫の世話をしている人とわかり合えるわけがないのではないかと。

「文乃、動物嫌いは冷たい人っていうのは間違いだから」理子は前を向いたまま言った。そして続ける。「私が小五の時ね、クラスでインコを飼ってたのよ。籠を掃除して餌をやるのは日直の仕事だった。その日は私が日直で、うれしくていつもより少し早く教室に着いたの。でもね、籠の扉を開いた瞬間、インコが逃げた。慌てて追いかけたけど、窓から外に出てどこかに行っちゃった」

「え……それで、どうなったの？　皆に責められた？」

「もちろん。文乃だって、腹が立つでしょ？」

自分が理子の立場だったら悲しくて許してほしい気持ちでいっぱいだろう。けれど、他のクラスメイトの立場だったら？　たぶん不注意を責めるだろう。

「その時ね、ある男の子が『ああ、明日から日直になっても鳥の世話をしなくていいんだ。ラッキー』って言ったの」

「なにそれ、その子、インコは要らないって思ってたってこと？」

「動物は嫌いで、特に鳥は苦手だって。今まで言えずに我慢してたって、その子が言ったの。クラス中がその子を悪く言ったけど、私はその子の優しさに助けられた」

「それ、優しいの？」

文乃は首をひねる。

「そうよ。だって、その子の立場なら、わざわざそんなタイミングで言わなくてもよかったじゃない？　その男の子のおかげで、私ひとりが責められずにすんだ。その優しさに気づけたのは私だけかもしれない。だから、動物嫌いと優しくない人っていうのはイコールじゃないから」

「……そうかな」

その男の子は単純に考えが足りなかったのではないか。

ルームミラーの中で理子と視線が合う。理子の表情は硬かった。

「文乃、ちょっと意地悪なこと言っちゃうけど、猫のためなら妹なんかいなくなっちゃえばいいって思うのは優しい人なの？」

脳天に石を落とされたような気がした。

「それは……だって……私は……」

文乃はうろたえて、死んでしまいそうな金魚みたいに口をパクパクさせた。

実際に清乃がいなくなればいいと思っているわけではない。けれど、いつも妹のために我慢させられている姉だって辛いということをわかってもらいたかった。かわいそうにと慰めてほしかった。ねじれた気持ちは言い訳しようとすればするほど、自分勝手で恥ずかしい。顔面が焼かれるように熱くなる。じわじわと視界が曇ってやがて涙が零れた。喉の奥で声が詰まって、ウグッ、ウグッと嗚咽《おえつ》に変わる。

「ああ、ごめん、文乃。私が意地悪だった。『誰かがいなくなればいいのに』っていう気持ちは本当に嫌だよね。そう思わせる相手にも、そう思っちゃう自分にも怒りがこみ上げてくるじゃない？　……ふふふ、やっぱり私は子供を育てる自信ないわ」

信号待ちで車を停めて、理子は泣きそうな笑顔で振り返る。

「別れた旦那さんね、優しい人だったよ。私と違って動物が苦手で、子供が好きだったの。それで、私じゃない人との間に子供を授かっちゃった」

「……それって旦那さんがフリンしたってこと？　ウワキされて離婚したの？」

言葉だけならよく知っている。テレビやネットでも聞く言葉だし、クラスの中でも「父親がウワキしてうちの親離婚するかも」なんてオープンに言っている子もいる。

「おお、最近の小学生はよく知ってるねえ。そうよ。私、子供が苦手だから、子供を生みたくないってずっと言ってたの。それで彼は子供が欲しいって言い出せなくて苦しんでたみたい。優しい人だからさ」

「そんなの優しい人じゃないじゃん、裏切り者じゃん」

文乃が叫ぶと、理子は笑って前へ向き直った。青信号で車を発進させる。

「そう、裏切り者。優しくても裏切り者で、許せなかった。彼も彼を奪った女の人も、赤ちゃんも、いなければいいのに。私は悪くない。私にこんな辛い思いをさせるあいつらが悪い。って、思ってた」

「そうだよ、悪くないよ。理子ちゃんにそんな風に思わせる人たちが悪い」

「優しいね、文乃」

「優しく……ないよ。……動物好きなのに」

「私もよ。私がナーと暮らすのを諦めたんだから、夫も子供が欲しいっていう気持ちを諦めて当たり前って思ってたわ。でも違ったみたい。子供ってさ、もっと重い。猫を傍に置く置かないは夫婦だけの問題だけど、子供を持つとなればそういう訳にはいかないもの。夫の家族だったり、職場だったり、何より子供の人生っていう大きなものを巻き込む。片方が我慢すればいいって問題じゃないから。命は同じように尊いけどさ、残念ながら猫と人間の子供は違うの」

途中から涙声になった理子の声につられて文乃もまた泣けてくる。

「ねえ文乃。文乃も清乃もお兄ちゃんたち夫婦にはどっちも大事な子供なのよ。特にアンタが生まれた時なんか、お兄ちゃんが鬱陶しいぐらいに私に結婚を勧めてきたわ。『赤ちゃんかわいいだろう、かわいいだろう』ってしつこかった。

だから清乃のこと要らないなんて言っちゃダメよ、やっぱり」

「わかってるよう、わかってる……ごめんなさい」

「私には今、ナーの癒しが必要なの。文乃が言う通り、寂しくて仕方がないから。だからお願い。またナーと一緒にいさせて。ごめんね」

ルームミラー越しに見る理子の涙は、アイメイクを溶かして黒い筋を頬に描いている。理子の心の涙だと文乃は思った。優しい人でも黒い心が生まれてしまうことがある。それは子供好きとか動物好きとか関係なくて。いなくなればいいのにと誰かを恨んでばかりいたら、かわいそうな悪魔になってしまう。

今の理子にはナーが必要だ。ナーは迎えに来た理子を見て、自分が今から行くべきところを感じ取ったのかもしれない。寄り添ってやるべき者は理子だと。

停車時間の長い赤信号にかかり、理子はティッシュペーパーでゴシゴシ顔を拭いて思い切り洟《はな》をかんだ。

「なあ」とナーが悲しげな飼い主にそっと呼びかけた。

あの夏の日の猫

一色美雨季

その男が待ち合わせのカフェに来たのは、約束の時間から三十分も過ぎた頃だった。

大仏の顔がプリントされたド派手なTシャツと、その上に羽織った赤いチェックのシャツ。目印どおりの服装と、何より子供の頃の面影を残したその顔に、俺は確信をもって「タツオ！」と声を上げた。

タツオと呼ばれた男は、こちらに気付くと、満面の笑みで駆け寄ってきた。

「久しぶり。元気だった？」

タツオは、本名を桐生龍魚《きりゅうたつお》という。変わった字面の名前だが、もともと龍魚とは、アロワナやチョウザメなどの『龍のような魚』を指すれっきとした名詞らしい。どうしてそういう名前になったのかと言えば、ちょうど命名の頃、タツオの父親がアロワナをペットにしたいと思っていたからだそうだ。

言うまでもなく、タツオの父親は変わり者だった。

そして、問題の多い人物でもあった。

「タツオこそ元気にしてた？　東京《こっち》では何してんの？」

「土木建築関係の仕事をしてるよ。高専で取った資格を、有効活用して就職したってカンジ。あ、それと、最近ひとり暮らしを始めたんだ。いや、猫と一緒だから、『ひとりと一匹暮らし』が正しいかな。実は従兄が結婚することになってさ。伯父さんの家で世話になってちょうど十年だし、ちょうどいい機会かなって、ひとり立ちすることにしたんだ」

屈託なくタツオはしゃべる。

タツオが故郷の町を離れ、東京の伯父夫婦に引き取られたのは、ちょうど十年前、小学六年の夏――タツオの父親が亡くなった時のことだった。

「ひとり暮らしか、すごいな。俺なんて未だに実家住まいだよ」

「家族に出ていけって言われてないなら、別にいいじゃん。あ、俺も、伯父さんから出ていけって言われたわけじゃないけどさ」

あはは、と軽く笑って、タツオはオーダーを取りに来たウェイトレスに珈琲を頼んだ。ついでに、俺も珈琲のお代わりを頼んだ。

ほどなく運ばれてきた珈琲に、ミルクを入れる。タツオも同じように砂糖を入れ、ふと呟《つぶや》く。

「……まさか、小学校の同級生から電話がかかってくるとは思わなかったよ。どうして俺に連絡してきたの？」

「いや、なんていうか、元気にしてるかなーと思ってさ」

取り繕うように笑って、俺はカップに口を付けた。

本当は、ただの好奇心からだった。自室の大掃除をしていた時、たまたま本棚の後ろから古いメモ用紙が出てきた。そこには小学生当時にタツオが使っていた携帯電話の番号が書かれていて、どうせもう繋がらないだろう、今は誰が使っているんだろう、と興味本位で掛けてみたところ、思いがけずタツオに繋がってしまったのだ。「出張で東京に行くことになった。久しぶりに会いたい」なんて言ってしまったのは、つまりただの勢いだ。

「吃驚《びっくり》したよ。俺、子供の頃はみんなに避けられてたからさ、あの頃の同級生から会いたいって電話がかかってくるなんて、思ってもみなかった」

「あ……あれは……なんか、すごく申し訳ないことをしたと思ってる。俺たち、タツオのことを嫌ってたわけじゃないんだ。ただ……」

「分かってるよ。全部、俺のオヤジのせいだ」

自嘲するように、タツオは言った。

タツオの父親は、当時子供だった俺たちの目から見ても、どうしようもない人間だった。いつまでも子供のような男といえば聞こえはいいが、要するに自分の欲求に抗えない人間。つらいことや面倒なことから逃げるのは当たり前で、定職に就いたことさえなかったという。

そんな家庭からタツオの母親が逃げ出したのは、タツオが小学五年生の時。タツオが学校に行っている間に、母親は忽然《こつぜん》と姿を消した。

テーブルの上に、一枚の離婚届を残して。

「息子の俺から見ても、うちのオヤジはダメ人間だったから」

父親が一緒とはいえ、まともに働きもしないダメな男。取り残されたタツオが悲惨な環境にいることは、子供だった俺の目にも明らかだった。

そんなタツオを気の毒に思い、手を差し伸べた同級生の家族がいた。放課後、タツオを自宅に呼び、自分の子供と一緒にご飯を食べさせた。まともな生活環境を失ってしまったタツオに、せめて温かい食事をとらせてやろうと取り計らったのだ。

けれど、これが間違いだった。

何を勘違いしたのか、タツオの父親は、その同級生の母親に対し、礼を言うどころか『不倫関係』を迫ったのだ。

「オカンが逃げていったのは仕方ないと思ってる。あいつは、誰彼構わず迷惑をかけてばかりの人間だったから」

もちろん同級生の母親はタツオの父親を拒否し、タツオを家に呼ばなくなった。それに怒ったタツオの父親は、周囲にあることないこと悪態をついて回った。

その悪態によって、タツオに手を差し伸べた家族は苦しめられた。周囲にばらまかれた悪態は憶測を呼び、本当に不倫関係に陥っただの、いや実は同級生の母親の方が関係を迫っただのと、たちまち悪い噂の標的となってしまったのだ。

結局その家族は、家庭崩壊の一歩手前まで行ったという。だから、当時の同級生のほとんどが、「タツオと遊ばないでくれ」と家族に言われた。どんなにタツオがイイ奴でも、仲良くなった途端、あのクズ親父が何をしでかすか分からなかったからだ。

タツオの方も、子供ながらにそれを理解しているように思えた。だから挨拶以外の言葉を俺たちと交わすことはしなくなった。

仲間外れなどしたくないのに、そうしなければならない、そんな微妙な関係が、タツオの父親が死ぬまで約一年間続いた。

今でも覚えている。放課後、ひとりきりで、うつむきながら通学路を歩く、捨て猫のようなタツオの後ろ姿。

「正直言って、オヤジが死んだ時はホッとしたよ。『これで誰にも迷惑をかけずに済む』って思ったからな」

タツオの父親は、深夜の路上で倒れ、死んでいた。死因は熱中症。最高気温を記録した夏の日のことだった。夜間の、しかも屋外でそんな死に方があるのだろうかと思ったが、日頃の不摂生と連日の暑さが災いしてのことだったらしい。迷惑を極めたがゆえの死に方だと、誰もが思った。

ひとりになったタツオは、伯父夫婦——母親の兄夫婦に引き取られた。大人たちの口から洩れ聞いた言葉によれば、離婚届を置いて失踪した母親は、既に別の男と再婚していたからだそうだ。

「東京での生活は、どんな感じだった？」

「うーん、なんていうか、嘘みたいに平穏だった。伯父さんも伯母さんも優しいし、七歳年上の従兄は面白い人で、いろんなところに遊びに連れて行ってくれたしさ。学校の方も、思ったより簡単に馴染めたかなあ。六年生の二学期に転校した割りには、卒業までに結構な人数の友達ができたと思うし」

「そりゃ、タツオは元々イイ奴だからな。こんなこと言うのは申し訳ないけど、オヤジの件がなけりゃ、俺たちだってタツオと仲良くしたいと思ってた」

「なんだよ、急に。褒め殺しかよ」

あはは、とタツオは嬉しそうに笑った。けれど、これは褒め殺しでもなんでもなく、俺の本心だ。タツオは本当にイイ奴だった。たぶんそれは今でも変わっていないだろう。実際、俺が興味本位で掛けた電話にも素直に応じ、こうして何のわだかまりもなく会ってくれるのだから。

――でも。

どんなにイイ奴だって、誰かを恨むことはあるはずだ。ならば、同級生の輪から外れたタツオが、俺たちを恨んでいないとは限らない。俺がタツオの立場なら、こんな理不尽な仲間外れなどないと思うからだ。

「……怒ってないの？」

「何が？」

「俺たちのこと」

唐突な俺の言葉に、タツオは戸惑いの表情を見せた。すかさず俺は、「だって、あんなのイジメと同じじゃん」と言葉を続ける。

「いくら親にタツオと遊ぶなって言われたからってさ、クラス全員が急にタツオを避けたワケじゃん。タツオは何も悪くないのにさ。俺なら泣いてガチギレする。何で俺だけこんな目に遭わなきゃいけないんだよって」

「そう言われてもなあ……まあ、仕方ないよ。みんな、家族が大事だし。俺がみんなの立場でも、きっと同じことをしたと思うよ」

だから忘れようぜ、とタツオは言った。もう済んだことだよ、と。

実際、俺は、タツオの電話番号を見つけるまで、こんなことなどスッカリ忘れていた。とっくの昔に終わったこととして、思い出すことさえしなかった。

けれど、電話でタツオの声を聞いた途端、過去のことがよみがえった。

電話の向こうの声は、俺の知らない『大人の声』をしていた。

俺の記憶しているタツオの声は、変声期前の、もっと高くて弱々しい声。そう、あの頃のタツオは、まだ子供だったのだ。母親に捨てられ、父親に育児放棄され、友達にも避けられた、哀れな子供だったのだ。

それなのに、タツオは「仕方ないよ」と笑った。

違う。本当なら、これは「仕方ない」で済む話じゃない。

だって俺は、タツオが泣いているのを知っていたのだ。

「あの頃さ、休憩時間になると、まっすぐ図書室に行ってただろ。それで、誰もいない図鑑の本棚の陰で……お前、泣いてたよな。顔の前にデカい図鑑を広げて、顔を隠すようにして」

「え？　そんなことしてないって。他の誰かと勘違いしてない？」

「勘違いなんかしてない。俺、図書委員だったから、お前が本棚の後ろに隠れてるのを知ってたんだよ。そこで……誰にも見られないように泣いてたのも」

えー？　とタツオは首を傾げた。が、すぐに何かを思い出したのか、「そうか、あれを見られてたのか」と照れくさそうに笑った。

「確かに泣いたことがあったかもしれない。でもそれは、本当に図鑑を読んで泣いてたんだ」

「はあ？　小学校の図書室に、泣ける図鑑なんてある訳ないだろ」

「それがあるんだよ。『とってもカワイイ猫図鑑』」

そんなの嘘だ、と俺は思った。けれどタツオは「本当なんだよ」と薄く笑い、唇を湿らすように珈琲を一口飲んだ。

「ええと、確か、『お父さん猫は、あまり子育てに参加しません。子猫が生まれると、お父さん猫はどこかに行ってしまうので、お母さんひとりで子猫を育てることがほとんどです』だったかな？　そんな感じのことが書かれててさ、オヤジがいなくなるなんていいなあ、うちも猫の家族と同じなら良かったのになあって思ったら、なんか泣けてきたんだ」

それは、タツオが抱えていた、誰にも言えなかった孤独。

「……やっぱり、傷ついてたんだよな」

「あー……うん、そりゃまあ、精神的に参ってたのは間違いないかな。でも、それはオカンがいなくなったからで、お前たちとのことは関係ない」

「でも」

「だから、もういいんだってば。そういうことにしておいてくれよ」

目の前の珈琲は、すっかりぬるくなっていた。

タツオはウェイトレスにお代わりの珈琲を頼むと、「そういえば」とポケットからスマホを取り出した。

「猫図鑑で思い出したけど、これ、見てくれる？」

差し出されたスマホの待ち受け画面には、成猫と思われる黒い猫の写真が写っていた。

「可愛いだろ？　これ、さっき言った、俺と一緒に暮らしてる猫。この猫さ、実は、オヤジの葬式の時、停まってた霊柩車の下にうずくまってた猫なんだ」

当時、この黒猫は、まだ子猫だったという。

葬儀会社のスタッフが「葬式に黒猫なんて縁起が悪い」という理由で追い払ったのだが、タツオたちが火葬場から戻ってくると、黒猫はまた同じ場所に戻ってきていた。

夏の強い日差しの中、アスファルトと同化したかのように小さくうずくまって、ミャーミャーと必死で鳴き声を上げていた。

誰かが「捨て猫だ」と言い、他の誰かが「保健所に連絡するか」と言い出した。

その時、大人たちの口からこぼれた「殺処分されるかも」という言葉に、タツオの胸は締め付けられた。

「本当は、俺、伯父さんの家に行くのが嫌だったんだ。でも、嫌とか嫌じゃないとか、そういうことを考えられる自分は、実はまだ恵まれた立場にいるんだって気付かされた。だって、この猫は、親がいないってだけで殺されるかもしれないんだぜ？　こんなに小さくて可愛いのに、たった今火葬したオヤジみたいにならなきゃいけないんだと思うと、なんだかつらくなってきて……俺、伯父さんに頭を下げたんだ。『この猫も東京に連れて行ってくれ』って」

「タツオらしいな。普通なら、猫のことまで考える余裕なんてないのにさ」

「そんなんじゃないよ。ただ……」

タツオは、消え入りそうなほど語尾を弱めた。「……オヤジの葬式なのに、オカンが来なかったんだ。それが、ちょっとしんどかったんだ」

当時、タツオの母親は妊娠中だった。結婚相手の手前もあり、前夫の葬式には行けないという事情も分からなくはない。けれど、実の子であるタツオが、寂しい思いをしないわけがない。

だからタツオは、猫のことを考えた。母親のことを忘れるために、寂しさを紛らわせるために、自分と同じ状況にある猫の行く末をひたすらに考えたのだ。

結局、それからの十年間、タツオは母親と顔を合わせることが一度もなかったという。

寂しさも悲しさもないと言えば嘘になるだろうが、その気持ちを乗り越えることができたのは、きっとこの猫がずっとそばにいたからだろう。同じ立場の同志として、ともすれば倒れてしまいそうなタツオの心にずっと寄り添い続けてくれたのだ。

「我ながら不幸な人生だと思うけど、ある意味、俺ってラッキーな人間だろ？ここまで猫と運命的な出会いをする男って、世界中探したってそんなにいないと思うぜ？」

「……タツオって強いな。っていうか、そんなにポジティブ思考なヤツだったっけ？」

「ああそうだよ。俺は強く生まれ変わったんだ。これも、うちのお猫サマのお陰だよ」

「新興宗教かよ」

ふたりで大笑いしたところに、ウェイトレスがお代わりの珈琲を持ってきた。
さっきと同じように砂糖を入れて、ふと、タツオが手を止める。
「そうだ、俺のアパート、ここから近いんだ。よかったら、今から来ない？
こいつを紹介するよ」
「それじゃあ、タツオを幸せな男にした教祖様の顔を拝みに行くとしようかな。
ついでに、そのアパートの住所を教えてくれよ。同窓会の案内状を送るから」
え、とタツオは驚いたような表情を見せたが、すぐに嬉しそうに頷いた。
久しぶりに見る、タツオの本当の笑顔だと思った。

風に消えない幸福のかけら

澤ノ倉クナリ

冬枯れしかけた木立の奥で、古い火葬場の煙突から煙が伸びていた。

織田《おだ》キョウカは、少し離れた高台の駐車場からそれを見ている。この日は高校の制服ではなく、足首まである黒いロングスカートを穿《は》いていた。

足の間にトラ猫のフーチが丸まっており、ソックス越しの体温が心地いい。

長生きしろよ、とキョウカはフーチに呟《つぶや》く。そして、また空を見上げた。

＊＊＊

あの日、市立病院の病室は、いつもよりさらに白々しく見えた。

日曜日の午後。個室のベッドに上半身を起こして座っている女子高生、佐倉《さくら》トモノの脇に、キョウカは立っていた。苦い表情で口を開く。

「……引っ越し？　トモノが？　ニューヨークってあの、アメリカのか？」

「うん。向こうの方が放射線治療は進んでるから、お父さんの転勤に合わせて、家族で移ろうって。日本に帰ってくるかは、分からないんだ」

そんな、と叫びたい衝動に耐えて、キョウカは努めて冷静に訊いた。

「それでトモノが私に頼み事というのは、もしかして例の猫のことで？」

「うん。引っ越し先だと飼えないらしくて。うち、お父さんもお母さんも猫嫌いじゃない？　私も身動き取れないから、うちのフーチの新しい飼い主を探してあげて欲しいの」

「……もっと他に適任者がいるだろうに」

「そこは幼なじみのキョウカを見込んで。お願い、それだけが心残りでさ」

トモノがわざとらしく手を合わせて拝む。

「死ぬみたいに言うな。それにハードルが高いよ。知ってるだろう、私は人と話すの全般が苦手なんだ。自慢じゃないが、トモノしか友達いないしな」

とはいえ、キョウカには、黄疸《おうだん》と腹水に苦しみながらも笑みを浮かべる幼なじみの頼みを、むげに断るという選択肢はない。

「トモノの両親は猫については何も言わないのか？　飼い猫だろう？」

「相談もしてない。うちの親が関わったら、下手したら保健所直行だもん、特にお母さんは。そういえばフーチって、めったに女子に懐《なつ》かないんだよ」

「ほお。その割りには、私には存外愛想がよかった気がするけれど」

「私たちみたいに愛情豊かな人には別なんだよ、きっと。私が足首までのスカート穿くと、よく足元に潜り込んでくるんだ。温かくて気持ちいいよ」

わざとらしく笑うトモノに、何がおかしい、とキョウカは軽く嘆息した。

自分のように人好きのしない朴念仁《ぼくねんじん》がのうのうと健康に暮らしているのに、愛らしくて誰からも好かれるトモノのような女子高生が、病魔に生活を振り回されるという理不尽は、どうにも腹立たしい。

しかも――そのせいで、トモノと遠く離れてしまうというのが尚更に。

「キョウカ？　……怒ってる？」とトモノが下から覗き込んでくる。

「いいや」とキョウカは、これだけは自信のある、作り笑いを浮かべた。

「本当はね、最後まで私がフーチの面倒をみてあげたかったんだけど。ごめん、キョウカ。私、勝手だな」

「病人が気にすることじゃない。分かったよ、心配するな。何とかしてみる」

家に帰り、体をベッドに投げ出して、キョウカは古いアパートの染みだらけの天井を眺めた。

できることなら、自分がフーチを引き取ってやりたい。しかし、どうしても父親のことが頭をよぎる。

既に他界したキョウカの父は、猫が大の苦手だった。

「小学四年の時だっけか、あれは」

一度、キョウカが捨て猫を拾って帰ってきた時のこと。いつも不愛想な父親が、意外にも弱った猫の手当てをしてくれたが、その後でやはり「飼うことはできない。拾ったところに戻してこい」としかめっ面で言われた。あの時は、本当に父を人でなしだと恨んだ。

それでもキョウカが、こっそりとアパートの裏の物置で猫の面倒を見てやっていたら、数日後に父親は肺炎を起こし、そのまま亡くなってしまった。

父親が元々喘息持ちで、かつ、若い頃猫を飼った時に猫アレルギーが判明したということを、キョウカが親族に聞かされて知ったのは、通夜の晩だった。

また、これらが重なると、肺炎を重症化させることがあるとも。

気丈な母親は、すぐに「それと今回のこととは無関係だよ。アレルギーの症状じゃないって、お父さんが自分で言ってたから」と否定してくれた。

しかし。

キョウカはベッドから降りると、居間へ向かった。狭い部屋の小さなテーブルに肘をついた母親は、仕出し屋勤めで荒れた手でお茶を飲んでいる。

「どうかした？」と首をかしげる母の傍らに、いまだに捨てられずにいる、父親の書き物机があった。

何となく今でも手を触れられないでいるその机を見ると、キョウカはどうしても、自分で猫を飼う気にはなれなかった。

トモノもこのことを知っているから、キョウカ自身にフーチを飼ってくれとは言わない。それがどうにも歯がゆく、申し訳ない気持ちになった。

こうして、キョウカによる、フーチの引き取り手探しが始まったが。

「……一週間で、早くも心当たりが尽きた……」

数少ない知り合いにことごとく断られ、頭を抱えながら、放課後の公園のベンチで、キョウカはうめいた。

「そもそも私は口下手だし、普段他人とはほぼ没交渉だし、友達らしい友達もいないし、ご近所付き合いもないし……人選ミスだぞ、絶対」

高校では――いや小学校から今まで、不愛想さをからかわれることはあっても、トモノ以外の同級生とは談笑すらろくにした覚えがない。

孤立していたせいで損をしたことは数知れず、それでもこれが自分の性格だからと半ば諦めながら、今日までやってきたのだが。

この先、世渡りが下手なまま大人になったらどうなるのだろう。そう思うと、さすがに鬱々《うつうつ》とした気分になる。

その時、トモノもきっと隣にはいないのだと思うと、なお辛かった。

翌日の放課後。

「それじゃ今日は、次のハードル……『そんなによく知らない、ちょっと遠めのご近所』に挑戦といくか……」

勢い込んでみたものの、成果は上がらない。ほとんど面識も愛嬌もない女子高生がいきなり訪ねていって、強張った顔で「猫を飼ってくれませんか？」と言っても、はいそうですかと聞いてくれる家はやはりそうそうない。

慣れない上に不向きな交渉事――ほとんどが数分とかからず断られてしまったが――で一軒ごとに冷や汗をかくキョウカは、日が沈む頃にはくたびれ果てていた。

「下手すると私、猫飼え女とかってあだ名が町内でつくんじゃなかろうか」

どうして自分は、唯一の友人の頼み事すら、人並みに解決できないのだろう。そう考え込むと泣きそうになるので、無理やり思考を打ち切る。

とぼとぼと家路につき、アパートのドアを開けると、仕事を終えて帰宅していた母親が台所から声をかけてきた。

「ねえ、最近この辺に出るっていう、猫飼って女子高生ってキョウカ？　この間言ってた、トモノちゃんの猫のこと？」

がく、とキョウカが肩を落とした。

「す、既に噂に……って、なんでお母さんが知ってるんだ？」

「小学校の時の同級生の家とかにも行ったでしょ、あんた。あたしのママ友から連絡あったのよ」

「同級生の家……誰だろう」

「本当に人付き合いの薄い子ね」と母親は呆れてから、腰に手を当てて言った。

「なんならうちで飼えば？　何かとお金がかかるだろうけどお父さんの遺してくれた貯《たくわ》えもあるし、経済的には何とかなるわよ」

首をかしげながら、小学校の時の同級生とやらの顔を思い浮かべようと無駄な努力をしていたキョウカは、え、と顔を上げた。

「でも、お母さんは嫌じゃないのか？　お父さんのこともあったし……」

母親が深くため息をついた。

「猫アレルギーとお父さんのことは関係ないって、何回も言ったでしょうが。体が弱ったときに肺炎が重症化したのよ。巡り合わせが悪かったの。猫のせいにしちゃかわいそうでしょ」

「それは、理屈ではそうだけど……」

「第一、お父さん元々猫好きだったのよ。お父さんのお通夜で聞いたでしょ、若い時に一度飼ったことがあるって」

「ええ⁉　いや……あの時はそんなニュアンスじゃなかったけど……言われてみれば……」

そうとも言えるか、とキョウカは困惑しながらも納得した。

「いつか症状が改善したら、猫飼いたいって言ってたもの。あんたが昔猫拾ってきた時も、お父さん勢いに任せてそこのホームセンターで首輪買ってきたのよ。残念ながらやっぱりアレルギーがひどく出て、凄く悔しがってたわね」

あの時の怖い顔は、そういうことだったのか。

「そういうことは……生きてるうちに言って欲しい……」

「まだ小さい猫好きの娘に、アレルギーのことをちゃんと説明できる自信がなかったんでしょ。もう少し生きてれば、話してくれたわよ」

「なんだか……お父さんが死んでから、今が一番寂しいかもしれない……」

母親が「あんた、お父さん苦手だったからね」と噴き出した。

それを見ながら、キョウカは、すうっと息を吸う。

「お母さん……お願いがあるんだが」

「はい。何？」

「猫を飼いたいんだ。大事な友達の猫で……私に、懐いてくれている」

「トモノ、引き取り先が見つかったよ。……うちだ」

「本当!?」

トモノは、病室のベッドから跳ね上がらんばかりに起き上がった。

「大事にするよ」

「うん。……ありがとう」

頬を紅潮させるトモノを見て、本当にかわいいな、とキョウカは思う。

この笑顔が、もうすぐこんな風には見られなくなる。それでもいい。元気になってくれれば、それ以上に望むものなどない。きょうび、ＳＮＳでもなんでも、繋がり続けることはできるのだから。

「それに、ようやく私は分かったぞ。猫の引き取り先探しなんて、ネットか、そうでなければ市報にでも載せればいいのに、わざわざ私に頼んだ理由」

「あ、ばれた？」とトモノが悪びれもせずに、笑って体を左右に揺らす。

「人には向き不向きがあるというのに、無茶振りしたな」

「キョウカが必要に迫られて、いざ人と交流を持とうっていう時の、踏み出し方の練習になると思って。私だっていなくなるんだから、今のうちにね」

「確かに。当たって砕ける術《すべ》は身についたよ」とキョウカは微苦笑して、肩をすくめ、「……ただ、別の心配もある」

「別？」

キョウカが目を伏せた。落ち着きなく、拳を握ったり、開いたりする。

「私は、父親のことがあまり好きじゃなかった。父が死んでしまったのが、ちょうど猫を捨てさせられて恨んでいた時期だったこともあって、正直、葬式でもあまり悲しいとは思わなかった」

「……うん」

「そのことに父親なりの理由があったと分かった今でも、だからといって手のひらを返したように慕う気にはなれない。自分の親なのにだよ。今更なんだけど、こんなに冷たいやつが、生き物なんて飼っていいんだろうか……」

短い沈黙の後、ふと気づいて、キョウカは目線を上げた。

トモノが、穏やかに、けれどまっすぐにキョウカの目を見ている。

「そんなに、何も戸惑わずに生きていける人、いないよ」

「……でも、悩みっぱなしなんだよ、私は」

「キョウカみたいに悩める人は、充分優しいよ。でもそのせいで、いつかどうしようもなく寂しくなる時も来ると思う」

「ええ……なんだそれ、怖いな」

「その時、きっとフーチは、キョウカを元気づけてくれるよ。私はそうだったから。フーチを新しい家族にしてくれたら、嬉しい」

「うん。……写真を送るよ。フーチの。たくさん」

「ビデオ通話もいっぱいしよう。時差はあるけど、頑張って」

互いの寂しさを感じ合いながら、まるでそんなものはないかのように押し隠して、キョウカとトモノは笑った。笑い転げたわけではないのに、どうしてか、いくつかの雫が目からこぼれて、床を叩いた。

＊＊＊

眼下の火葬場に、人の動きがあった。あまりじろじろ見下ろしているのも悪いかと思い、キョウカは来た道を戻る。

スカートの中で蹴飛ばされないよう素早く身を翻《ひるがえ》したフーチは、しかしキョウカが足を止めると、また足首の間にちょこんと収まった。こうなると、少しばかり猫用ハーネスのリードを引いても動いてくれない。

「……黒いスカートに毛がつくから、出てくれないかな」

そんなに居心地がいいということなら、キョウカも悪い気はしないが。

地面を撫でる北風が落ち葉を鳴らしている。首筋がひやりとして思わず身をすくめるが、スカートの中、足首の間だけはやはりほんのりと温かい。

トモノも、若い時の父も、きっと同じような温もりを感じていたのだろう。

それを思うと、この先孤独にさいなまれても、猫一匹分の温かさを分かり合える人たちに、励まされながら生きていくことはできそうだった。

まるで幸せのかけらのような温度。

あまりにも頼りなく、けれど風が吹いても散って消えない。

ここは、キョウカの父親が焼かれた火葬場だった。小さい時に形ある父の姿を最後に見たこの場所の方が、キョウカは墓よりも父を感じる。

トモノは一週間前にニューヨークへ旅立った。早速写真をあれこれ送ってきたので、こちらもフーチとキョウカを写して送ってやっている。

今日は、父親にもフーチを見せてやりに来た。

「お父さん、あの時はごめん。私、猫飼い始めたよ」

先日、父の書き物机の引き出しを開けてみると、キョウカが猫を拾った時に買ったという首輪が出てきた。

キョウカは蒼穹《そうきゅう》を見上げた。きっと父親は今頃、空で猫を抱いている。

お猫さま審判

烏丸紫明

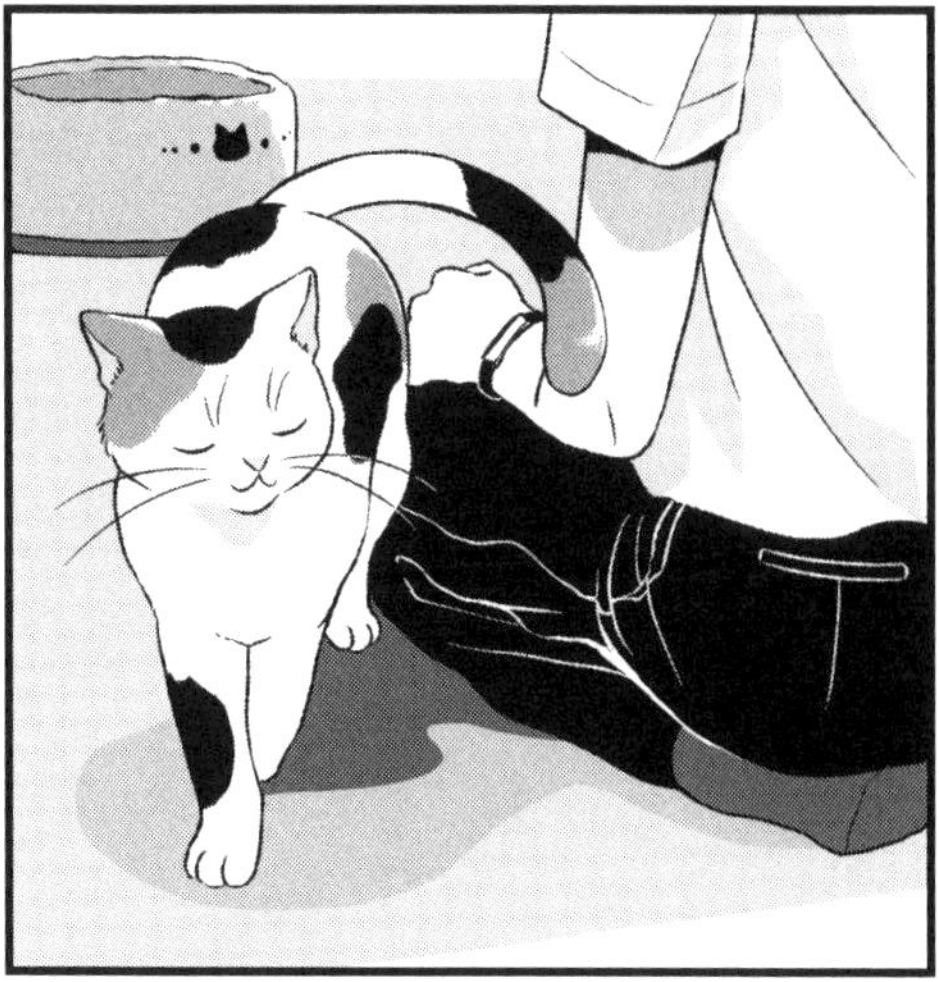

「お願いします。子猫を拾ってください」

「お願いします。この寒さじゃ、死んじゃう……」

「お願いします。どうか、どうか、お願いします！」

小学生たちが小さな段ボール箱を抱えて、道行く大人たちに声を掛けていた。

箱の中には四匹の子猫。ともに、すでにぐったりしている。帰り道の公園で見つけた捨て猫だった。

季節は二月——立春を過ぎ、春に向けて徐々に暖かい日も増えてきたけれど、まだまだ冷える。とくに朝晩は、間違いなく暖房が必要だった。

「…………」

その必死の呼びかけに、とある夫婦が思わずといった様子で足を止めた。

足を止めたのは、彼らだけだった。誰もが見向きもせずに通り過ぎてゆく。

ここで自分たちまで通り過ぎてしまったら、あの子猫はどうなるのだろう？

「きっと……あの子たちもそう思ったのよね……？」

だから、必死に叫んでいる。——助けてくれと。

「ねぇ、あなた……」

小学生たちを見ながら、妻が夫に声をかける。

夫は慌てた様子で首を横に振った。

「だ、駄目だよ。野良猫はマズい。君は妊娠中だし……」

「あの様子だと、野良猫じゃないと思うわ。捨て猫よ。飼い猫が産んだ子を、誰かが無責任に捨てたのよ」

「そうかもしれない。だけど、親が完全室内飼いとは限らないだろう？　いや、室内飼いでも感染するって聞いたことがあるよ。トキソプラズマは……」

「でも、いつか猫を飼いたいねって話してたじゃない？」

その言葉を遮って、妻は縋《すが》るように夫のコートを引っ張った。

「充分気をつけるわ。だから……」

「でも……」

「お願い。生まれてくる子には、あの子たちのように優しい子に育ってほしい。だったら、親である私たちがここで通り過ぎてはいけないと思うの」

妻の言葉に、夫がぐっと言葉を詰まらせる。

そして、何かを決意したように妻を見つめて「わかった」と一言——必死の呼びかけを続けている小学生たちのほうへと走って行った。

＊＊＊

生まれたときから、傍にいてくれた——。


「二十三歳⁉」

桜《さくら》の隣で車のハンドルを握る智弘《ともひろ》が、素っ頓狂な声を上げた。

「うん、そう。私の数ヵ月お姉ちゃんなわけだから」

「え……？　猫ってそんなに生きるものだっけ……？」

「平均寿命は十四、五歳ぐらい。でも二十年生きる子もいないわけじゃないみたい。ギネス記録は三十八歳。人間の年齢に換算すると百七十歳だって」

「百七十歳……」

智弘が前を見つめたまま、信じられないとばかりに首を横に振る。

「今、話したとおり、当時お母さんは私を妊娠中。初産で、しかも臨月間近。もちろん、手のかかる子猫を拾う余裕なんて微塵《みじん》もなかったんだけど……」

「どうしても、通り過ぎることができなかったと」

「そう。だけどお父さんは、最初は飼うつもりじゃなくて、里親探しを手伝うつもりで駆け寄ったんだって。でも、子供たちが差し出した箱の中を覗くと、ぐったりしていた子猫のうちの一匹――三毛の子が目を開けて、か細い声で、だけど力いっぱい泣いたんだって。それが『助けて！』と叫んでいるようにも聞こえて、うちの子にしてしまったって話」

「え？　じゃあ、あとの子は？」

「最初に考えていたとおり子供たちから一旦引き取って、病院に連れて行って、適切な処置をしてもらったうえで里親探しをしたって」

「はー……すごいな」

二月——その公園では梅の花が咲いていたという。

そこから、父は子猫に梅《うめ》と名付けた。

「梅は百花の魁《さきがけ》——あとを追うように私が、それから妹たちが生まれたの」

「妹さんは、百合《ゆり》ちゃんと蘭《らん》ちゃんだっけ？」

「そう。私が桜、次女が百合で、三女が蘭。いや、違うか。私が次女だから、三女が百合で、四女が蘭」

「え？　次女？　桜が？」

「少なくとも梅はそう思ってるかな。自分が百花の魁の名で、続く私たちにも花の名前がつけられているからなのか、完全に自分を長女だと思ってるふしがあるの。もう、ふてぶてしいったら！　梅の中のヒエラルキーでは、トップがお父さん、次がお母さん、そして自分、その次に私、百合、蘭の順」

桜は窓の外に視線を投げて、そっと息をついた。

「性格は三毛猫らしいというか、気難しいの一言。気に入らないことがあれば、容赦なく制裁を下すよ。今までだって……」

そこまで言って、桜は慌てて口を噤《つぐ》んだ。

危ない。学生時代に何度か両親に彼氏を紹介したが、梅によってことごとく追い払われたなんて——そんなことを智弘に言うべきではないだろう。

(元カレの話なんて、聞いて気持ちいいもんじゃないもんね)

だが、これは非常に頭の痛い問題でもあった。

桜だけではない。妹たちも、もれなく友人や恋人を梅に追い払われている。

幼いころの友達には、それでヘソを曲げてしまう子もいた。

梅は誰も彼もすべてを拒絶するわけではなかったので、『あの子はよくて、なんで私が駄目なの？』などと言われて仲が拗《こじ》れたことも何度もあった。

高校生になって以降の友人や恋人は——年齢的なものもあってだろう。梅の行動に怒り、それで桜を責め、つきあいを止めると言い出す人はいなかった。

『気にしなくていいよ。所詮、ペットのすることだし』

誰もがそう言ってくれた。にっこりと優しく笑って。

だが、そのあとはやはりなんだかんだあって、上手くいかなくなってしまう。

（梅が直接の原因ってわけじゃないんだけどね……）

それでも、それだけの前例があれば、警戒せずにはいられない。

今度は、生涯をともにしようという相手なのだから。

「今までだって——何？」

「あ、ううん。なんでもない。とにかく、気をつけてほしいって言いたくて。にゃんこ可愛い〜なんて迂闊《うかつ》に手を出そうものなら、絶対に痛い目見るから」

問いかけにハッと視線を戻してそう言うと、智弘が納得した様子で頷く。

「なるほどね。今日は、お父さんお母さんだけじゃなくお姉さんにもきちんと挨拶しなきゃいけないってことだ。気に入ってもらえるように頑張るよ」

その思いがけない言葉に、桜はパチパチと目を瞬いた。

「え……？　お姉さんって……。別に、梅に気に入られなくたって大丈夫だよ。一緒に暮らすわけじゃないんだし……」

「は？　その理屈だと、ご両親と仲良くする必要もないってことになるぞ？　同居しないからって、それは違うだろ？」

「そ、それはそうだけど……。でも……梅は……その……ペットだし……」

モゴモゴとそう言うと、智弘がムッと眉を寄せて、桜を一瞥した。

「違うだろ？　ただのペットじゃない。桜の家族だ」

思いがけない言葉に、ドクンと心臓が音を立てる。

「え……？」

「だからこそ、話したんだろ？　ご両親と妹さんだけじゃなく梅のことまで。家族のトリセツとして」

「っ……それは……」

そんなつもりはなかった。まったくの無意識だった。父や母、妹たちの次は梅について話す——それは桜の中では、意識するようなことじゃなかったから。自然な流れだったから。

そこまで考えて、ようやく気づく。桜は目を見開き、智弘の横顔を見つめた。

ああ、そうか。それが自然だということは、自分は父や母、妹たちと梅とを何も区別して扱ってはいないということだ。

「俺もその一員にしてもらおうっていうんだから、全員に認めてもらわなきゃ駄目だ。そんなの、当たり前のことじゃないか」

「っ……」

胸が熱くなる。桜は唇を噛んで、俯いた。

『気にしなくていいよ。所詮、ペットのすることだし』

何度も聞いた言葉が、脳裏に響く。

（ああ、そうだったんだ……）

梅が拒絶した友人や恋人と、その後なんとなく疎遠になってしまった理由をようやく理解する。

ああ、そうだ。梅はただのペットなんかじゃない。気難しくても、乱暴でも、我儘《わがまま》でも、自分にとっては大切な家族だ。

生まれたときからずっと一緒に過ごしてきた。苦しいときも、悲しいときも、楽しいときも、幸せなときも——いつもそばに梅がいた。妹たちよりも多くの時間を過ごしてきた。時間だけじゃない。感情を、思い出を共有してきた。

（乱暴をしたのも、失礼をしたのも、梅のほうだ。それは、わかってる……。でも私……梅を家族として扱ってもらえないのは嫌だったんだ……）

自分自身、意識できていたわけではないけれど。

それでも、智弘だけではなくほとんど全員に梅との出会いや一緒に過ごした時間について伝えていたのは、梅との絆の深さをわかっていてほしかったから。

だからこそ、前もって話していたにもかかわらず、梅をただのペットとしか見てくれない人とは、自然と距離を置くようになっていたのだ。

自分でも気づいていなかったその想いに——智弘だけが気づいてくれた。

両手で顔を覆う。

「ありがとう……」

感動に声を震わせながらお礼を言うと、智弘は優しく笑った。

「お礼を言われることじゃないよ」

＊＊＊

「と、智弘くん。本当に無理はしなくていいからね」

「え？　はい。無理はしません」

「気持ちは嬉しいけれど、時間をかけて打ち解けてもらえればって思ってるの。だ、だからね……」

「あ、はい。そのつもりです。今日は、挨拶以上のことはしませんよ」

心配そうな両親に、智弘が笑顔で答える。

それでも不安が拭えないのか、妹たちが桜の袖を引っ張った。

「お、お姉ちゃん。やめときなって。智弘さん、傷ものにされちゃうよ」

「そ、そうだよ。梅は迂闊に手を出さなければ大丈夫なんて、生易しい性格はしてないよ。近づくだけで威嚇《いかく》して、飛び掛かっていくんだから」

たしかに、梅は積極的に殺《や》っていくスタイルだったけど。

「で、でも、さすがにもう歳も歳だし、気難しさは変わらなくてもそこまでのアグレッシブさは……」

「「「甘い！」」」

桜の言葉に、妹たちどころか両親までもが口を揃えて首を横に振る。

「一人暮らしして、何年も梅と離れてたからそんなことが言えるんだよ」

「本当に。歳をとるにつれて、むしろ我儘度や偏屈度は上がってるから」

「そうそう。梅は、血の気の多いはずの若いころのほうがまだ甘かったよ」

和室に入ると、ぽかぽかと暖かく柔らかな春の陽が差し込む縁側に置かれた猫ベッドでくつろいでいた梅が、のっそりと顔を上げた。

久しぶりに会う梅に、心が躍る。

今すぐに駆け寄って抱き締めてスリスリしたいけれど――まずは智弘だ。

黙って見守っていると、智弘は猫ベッドから少し離れたところに膝をついた。

「神崎《かんざき》智弘と申します。自動車ディーラーで営業マンをしております」

梅をまっすぐ見つめて、はきはきと言う。

そんな智弘の行動に、桜以外の全員が息を呑んで目を丸くした。

『挨拶』といっても、撫でたり抱っこしたりといった、ペットに対するそれだと思っていたのだろう。だからあれだけ心配していたのだ。

「え……？　挨拶って、そういう挨拶なの……？」

百合が唖然とした様子で呟く。

もちろん、梅が人間であったなら、それが正しい挨拶だ。初対面の『姉』の頭を撫でたり、ましてや抱き締めたりなどするわけがない。

だが、自分たち以外の人間にとっては、梅は猫で――ペットでしかなくて。

これまで、梅をこんなふうにきちんと扱ってくれる人はいなかったから。

「お、お姉ちゃんがそうしてくれって言ったの？」

「まさか、そんなこと言わないよ。智弘からそうしたいって言ってくれたの。梅は私の大切な家族だからって」

そう言うと、蘭が「嘘……。ヤダ……嬉しい……」と桜の肩に顔を伏せた。

「うん……。嬉しいね……」

胸が苦しいほど熱くなるのを感じながら、桜はそっと蘭の背中を叩いた。

「妹さんは――桜さんは、僕が絶対に幸せにします」

「っ……」

歓喜と幸福に、打ち震える。

ああ、本当に、この人と出逢えてよかった――。

「……本当にいい人を見つけたわね。桜」

「っ……うん……」

母の言葉に、今にも涙があふれそうになってしまう。

でも――まだだ。挨拶は済んでいない。

「どうぞ、よろしくお願いいたします」

ふかぶかと頭を下げた智弘を見て、梅がピンと耳を動かす。

智弘が顔を上げても、じっと見つめたまま。

ごく一部を除き、家族以外の者には近づいただけで激しく威嚇し、さらには飛び掛かって攻撃する梅が――しかし智弘には牙を剝《む》くことはなく、のそりと起き上がった。

そして、きちんと正座している智弘のもとへ行き、そのまま横をすり抜けた。

尻尾でポンッと智弘の腕を叩いて。

「えっと……？」

そして、問いかけるように梅を視線で追う智弘を振り仰いで、「な」と鳴く。

「っ……梅……！」

その――まるで『しっかりやんなさいよね』とでもいわんばかりの仕草に、堪えていた涙が零れる。

桜は崩れ落ちるように膝をつき、自分のもとにやってきた梅の小さな身体を抱き締めた。

「認めてくれてありがとう……！」

腕の中で、梅が満足げにゴロゴロと喉を鳴らす。

妹の――桜の幸せが嬉しくてたまらないというように。

「私、幸せになるからね！」

猫背くんと迷いこんだ猫

日野裕太郎

麻婆豆腐の素で野菜を炒めるとおいしい――鴨川友春《かもがわともはる》の頭は、そのことでいっぱいになっていた。

つい昨日、大学でおなじ講座の越野真奈《こしのまな》が話していたレシピだ。小耳に挟んだときから、友春はうまそうだと思っていた。

コンビニバイトの夜勤明け、友春は「猫背くん」という渾名《あだな》そのままの姿勢で道を歩いていた。帰ったら麻婆豆腐の素で野菜炒めをつくるのだ、と決意していて、すでにバイト先で材料を仕入れている。

その帰路の途中、目が合った――近くの小学校に通う児童たちだ。様々な色のランドセルを背負った児童のひとりと目が合うと、ほかの顔も友春を見上げているのがわかった。

どうして見上げてくるのか、理由もすぐわかった。わかってしまった。

ひときわ身体のちいさな女の子が、ぐったりしたブチ猫を抱えている。黒と白の毛並みは乾き、骨が浮いていて目を逸らしたくなる状態だった。

目を逸らせなかったのは、児童たちが友春を見上げているからだ。

「……ねこが」

すがるような目と泣き出しそうな声、それを友春は無視できなかった。

気づけばブチ猫を引き受けていた友春は、麻婆豆腐の素とカット野菜が入った袋をぶら下げ、記憶を探り動物病院に向かっていた。

駆けこんだのは、野良猫の保護活動に参加している動物病院だった。

診察費をかなりまけてくれたようだが、猫をしばらく通院させることになり、友春には大打撃である。しかし、サンプルの猫缶やドライフードを山ほど分けてくれたこともあり、たぶん動物病院選びは大当たりだったのだろう。

脱水症状と栄養不足、との診断だ。それが重症なのかどうか、友春はよくわからないまま猫を連れてアパートに戻った。

アパートの隣家は大家夫妻の住まいだ。午前中は庭に出ているふたりに声をかけ、友春は猫のことを相談した。具合がよくなるまでならとふたりは難しい顔をし、動物病院で分けてもらった段ボール箱の空気穴をのぞきこんでいた。

二年前の大学進学を機に暮らしはじめたエリアは、野良猫の多い場所だった。

道を歩けば猫を見かけ、ブチ猫の耳には入っていないが、どれも不妊手術済みの証である切れ目が耳の先に入っている。動物病院で聞いたが、野良猫の面倒を見るボランティアグループが活動しているらしい。

このブチ猫もそのグループが見つけてくれたほうがよかったのでは。ため息をつく友春の前で、猫は点滴でだぼだぼに緩んだ背中を上下させている。

帰宅した友春は料理をするのではなく、腕の中でぐったりとしているブチ猫の様子をうかがっていた。汚れ、痩せ、不憫《ふびん》な見た目だ。ブチ猫は座布団に敷かれたバスタオルに手足と尾を投げ出し、かすかな呼吸をくり返していた。

「頼むから、俺が寝てる間に死んだりしないでくれよ」

狭いワンルームのアパートのなか、友春は猫の横に布団を敷いた。

身体も頭も泥のように重く、目を閉じた友春は、一瞬で眠りに落ちていた。

『検査結果ですが、ちょっと数値がよくないですね。安静にして、様子を見ましょう。栄養が取れない状態が続くと、内臓の負担が大きくなるんですよね』

「あの、それって生命にかかわったりは」

『そこまでではないと思います。心配なことがあったら、電話してください』

動物病院からの電話で起こされた友春は、ブチ猫が枕元に移動して寝ていることに驚いていた。目を開けたブチ猫に手をのばすと、当然のような顔をして顎を上げる。なでると顎もまた汚れ、ざらついていた。

そこから友春は、慌ただしい時間を過ごした。

今日は午後から大学に事務手続きにいく予定があるだけだったが、猫のためのトイレなどを購入しなければならない。勝手も相場もわからず、ペット用品店の店員にいわれるまま購入することになった。

友春は一介の大学生だ。急な出費が重なってつらい。トイレや猫用ベッドを設置した後では、なんだか麻婆豆腐の素を使うのがもったいなくなった。友春はレンチンした野菜とオイスターソースを和え、冷や飯にのせて食べた。

友春が冬にはこたつになるローテーブルで朝昼兼用の食事をはじめると、ブチ猫はおっくうそうに身体を起こしていく。

「大丈夫か？　無理するなよ、しんどかったら寝てろよ」

座布団横に用意した水と食餌にブチ猫はのろのろと向かい、皿に鼻先を突っこんだ。ペチペチと舌が皿の中身をさらう音がして、友春も食事に戻る。

半分ほど食べると、ブチ猫は猫用のベッドに向かった。すんなりそこで丸くなり、ため息に似た音を漏らして眠りはじめる。

空腹を満たした友春は、大学に向かうことにした。

足音や物音に気をつけて身支度をする。リュックを背負ってから様子をうかがったブチ猫は、帰宅したときよりも呼吸がしっかりしているようで友春はほっとした。

午後の陽光を浴びても眠いし、人波を歩いているときも眠い。大学で事務手続きをしている最中ずっと、帰ったらすぐに寝よう、と睡眠不足の頭で考え続けていた。

「猫背くんだ、なにしてんのー」

おなじ講座の瀬田《せた》だった。友春が気になって仕方のない、越野真奈と仲がいい子である。眠すぎて、ろくな挨拶も思い浮かばない。

「……事務しに」

「あれ、鴨川くん」

瀬田の背後から、生えるように顔をのぞかせた真奈に驚き、友春はしゃっくりのような声を漏らした。

「びっくりした……越野さんもいたんだ」

「猫背くんビビリすぎぃ」

ケタケタと笑う瀬田の横で、真奈は友春の肩を叩きはじめた。パンパン、となにかを払うような動きだ。

「これ、猫の毛？　鴨川くんち、猫いるの？」

見れば、春物のジャケットの肩口、白と黒の毛が無数についている。

「ほんとだ、いつの間についたんだろ——朝、行き倒れの猫拾っちゃって」

「行き倒れって死にかけ猫ってこと？　猫背くん、猫ちゃんの勇者じゃん」

「その猫、いま家にいるの？　ひとり暮らしだっけ、猫飼えるとこ？」

ふたり分の手がのびてきて、友春の肩を払っていく。

「獣医さんの話だと、安静にしてれば平気みたい。大家さんからも、元気になるまでは部屋に入れていいって許可取ったよ。猫もおとなしく寝てたし」

「猫背くんが猫ゲットとか、なんのギャグ」

「そうなんだ、はやくよくなるといいね。うちね、実家に猫いるんだよ。写真撮った？　撮ってない？　今度見せてね」

どれだけ払っても猫の毛は取り切れず、適当なところで友春は身を引いた。

「正直、猫の病院代がちょっと痛くて……安上がりな料理あったら、それ教えてもらっていい？」

瀬田が友春に同意しながら、スマホを取り出した。

「真奈、料理好きじゃん。教えたげなよ。ついでにあたしも知りたいし」

「たいしたのつくってないよ……いいのかなぁ」

うながされて友春と真奈もスマホを取り出し、三人でメッセージアプリのアカウントを交換した。

これからお茶、という彼女たちとわかれて大学を出たときには、友春の眠気はきれいに消えていた。

乗りこんだ電車のなか、真奈に料理を教えてほしいとメッセージを送り、ブチ猫の写真を後で送ろうと決めていた——帰宅すると出しておいた食餌は平らげられ、敷きっぱなしで出た布団の真ん中で、ブチ猫は仰向けに寝ていた。

ほんとうに野良猫だったのかな、と疑問に思いながら、友春は思いのほか毛にまみれた上着に、あらためて驚いたのだった。

部屋に自分以外の生きものがいるのは不思議で、しかしほどなく慣れた。

ブチ猫はどんどん元気になっていった。汚れもいつの間にか薄れ、ブチ猫のなつっこい性格から、獣医師は「元飼い猫でしょう」と話していた。

「ペット可って、家賃高いよなぁ」

ときどき返事をするので、友春はブチ猫に話しかけるようになっていた。

スマホで不動産情報を漁るが、ペット可物件の家賃は目眩《めまい》がするほど高い。

表示された地名に指が止まる。真奈が暮らしていると話していた地名だった。

おなじ講座の女子たちのなか、友春は彼女のことがずっと気になっていた。

いつごろからか——騒々しい女子たちの会話のなかでも、彼女の声を拾うことができるようになった。真奈はほかの女子より声が低く、すこし慎重そうな話し方をする。

講座スタート日の自己紹介の直後から、友春には猫背くんと渾名がついた。猫背だからだ。

ブチ猫を引き受けたときもそうだが、少々友春は周囲の空気を読んで流されるところがあった。外見を渾名に引っ張っていかれ、居心地の悪さも覚えていたのだが、それにもやはり流されてしまっていた。

それでも一度、冗談めかして渾名がいやだ、と口にしたことがある。

周囲には聞き流されたものの、真奈は違っていた。それまでは真奈も渾名で友春を呼んでいたが、それ以降彼女からは聞いていない。

　真奈のいいところばかり思い浮かぶ。

「……ブチ、越野さんがおまえのことかわいいって」

　レシピを教わり、ときどき連絡を取る間柄になれた。もっと進展があるなら、いまがそのタイミングなのではないか。まずはどこかに誘うか。レシピを教わっているのだ、お礼を兼ねれば誘いやすい気がする。

　カポン、とはじめて聞く音が耳に飛びこんできて、友春は身構えた。

　カッポカッポカッポ、独特の高い音に驚いた友春は慌ててあたりを見回す。

　音はすぐ近く、ブチ猫からしていた。

「ブチ？　どうした？」

　身体を強張らせ、大きく口を開けたブチ猫からその音は発せられていた。

　猫の吐瀉《としゃ》――これまで猫と接することのなかった友春にとって、はじめての経験だった。

　立て続けにブチ猫は吐き、友春は不安に駆られ時計に目を向けた。急げば動物病院の受付時間に間に合う。何度も吐いたブチ猫を連れ出すのは不安だったが、肩で息をする姿に思い切って出かけることにした。

カゴを抱えて飛び出した往来、服にブチ猫の毛がついていたが、気にしていられなかった。


ストレスからくる膵炎《すいえん》、との診断だった。点滴を打たれたブチ猫は、すっかり落ち着いたようだ。

安堵し脱力し、一緒に帰路につく。日が暮れる道を下を向いて歩いていると、聞き覚えのある声に呼ばれた——ブチ猫を最初に見つけた児童たちだ。

「ねこ、げんき？」

「あー……いま、お医者さん帰りなんだ。ちょっとまだ」

児童たちの表情が暗くなる。カゴを見せ、ちゃんと診てもらっていることを説明していると、背中から声をかけられた。

「あら鴨川さん、猫は元気？」

大家だった。カゴの隙間をしめし、小学生たちにしたのとおなじ説明をくり返した。ふんふんとうなずき、大家は困ったように首をかしげる。

「ほんとはうちのアパート、ペット禁止だからねぇ」

右からは預かった猫がまだ癒えていない責任を感じ、左からはペット禁止の部屋に猫を入れている肩身の狭さを感じる。

ブチ猫の体調を理由に、それこそ逃げるようにして友春は部屋に戻った。

猫のことを相談したい——座布団でブチ猫が毛繕いをするのを横目に、友春はスマホで真奈にメッセージを送る。元気になった先、どうしたらいいのか。

返事はすぐだった。

『地元に保護猫活動してるボランティアさんいないかな？　相談できたらいいんだけど。今日このあと彼氏のとこいくから、ちょっと返事できないかも』

いままで口から出たことのない、言葉にならない声が出ていた。

友春は『色々ありがとう、猫のこと相談できるひといないか、探してみる』

とメッセージを返すなり、スマホを放り出して布団に寝転んでいた。

動物病院帰りだというのに、ブチ猫はいつもと変わらない足取りで近づいてくる。友春の頭に長い尾を叩きつけるようにし、ブチ猫は短く鳴いた。

「……そうだよな、まず彼氏いるかどうかだよなぁ」

がっかりしていた。涙は出ないが、ため息がいくらでも口からこぼれ落ちる。

「そうだよ、うん……いるよなぁ、彼氏。だって越野さんだもんなぁ」

失恋した――大の字になった友春がため息をつくたびに、ブチ猫は尾で叩いてきたのだった。


数日を意気消沈したまま過ごし、うつむいて歩く癖に磨きがかかりそうだ。

大学で会った真奈はいつもと変わらず親切で、有名どころのボランティア団体の一覧表まで用意してくれていた。彼女の親切さにも、胸が重くなっていく。

帰宅してすぐの夕方、ブチ猫を入れたカゴをぶら下げた友春は、動物病院に向かうべくアパートを出た。

「お兄ちゃんいた！　ねえ、ねこのお兄ちゃん！」

児童たちが駆け寄ってきた。保護者か、背後に中年女性を連れている。

「あの、猫を保護されたと聞いたんですが」

女性が口を開くなり、カゴのなかでブチ猫が大きな声を上げはじめた。

「ぶぶちゃん！」

——彼女はブチ猫の飼い主だった。

引っ越しのときにブチ猫が逃げてしまったそうだ。ポスターを貼り、ブチ猫を捜し歩いていた——カゴを抱きしめ、彼女はそう話す。カゴの隙間に顔を押しつけブチ猫が鳴く姿は、雄弁に女性が家族なのだと語っていた。

児童たちとわかれ、女性と一緒に動物病院に向かうなか、友春はブチ猫の症状などを説明した。獣医師は飼い主が見つかったことを喜んでくれたし、診察室でカゴから出されたブチ猫は、彼女の腕から降りようとしなかった。

そのまま彼女にブチ猫を引き渡した友春は、帰路を手ぶらで歩いていた。

道を見回しても、いまはポスターは見当たらない。だがうつむいて歩く癖がなければ、もっとはやく尋ね猫のポスターに気がついていたかもしれない。大家にもブチ猫のことを報告し、友春は部屋に戻った。真奈に飼い主の件を報告すれば、きっと喜んでくれるだろう。だがいまは気乗りしない。

失恋したうえに、ブチ猫もいなくなってしまった。

静かな部屋が、なんだか寂しい。

「……顔上げて、歩いてみるかぁ」

猫背を治すのにどれだけ時間がかかるかわからないが、それが治ったころには——失恋のことも忘れられているかもしれない。

野良猫なのか、飼い猫が散歩中なのか、一階にある部屋のベランダを、どこかの猫が通り過ぎる。

影を目で追う。サッシを開けていたら、ふらりと立ち寄ってくれるだろうか。

上着についていた猫の毛をつまんだ友春は、麻婆豆腐の素でなにかつくろう、と腰を上げちいさな台所に向かっていった。

おばあちゃんと猫だより

編乃肌

じとりと湿気が肌に張り付く梅雨の季節。私は曇り空から雨が降り出す前に、急いで学校から走って帰宅した。うっかり傘を忘れてしまったのだ。

高校のセーラー服を翻《ひるがえ》しながら、「ただいま！」と玄関に駆け込む。

「あれ？　なんか届いてる？」

そのまま靴を脱いで上がる前に、ドア横のポストからレター用の封筒が覗いているのを発見した。引き抜いてみると、シンプルな白い封筒に書かれた宛先は、『小玉友恵《こだまともえ》様』……私だ。

心当たりがなくて、首を傾げながら封筒をひっくり返す。次いで目を丸くして驚いた。送り主はおばあちゃんだったのだ。

母方の祖母である梅子《うめこ》おばあちゃんは、実はお母さんと直接、血の繋がりはない。

私の本当のおばあちゃんは、お母さんを生んでから早くに事故で亡くなっていて、お母さんが中学生の頃に、おじいちゃんが再婚した相手が梅子おばあちゃんだった。お母さんにとっては継母というやつだ。

しかもおじいちゃんも、もともと患っていた病気で、お母さんが高校生の頃に他界。それからお母さんが結婚して私を生むまで、お母さんの『家族』は梅子おばあちゃんだけだった。

それなのに、お母さんと梅子おばあちゃんの仲は、お世辞にもいいとは言えない。お母さんはおばあちゃんを『あの人』と呼ぶし、育ての親ではあるはずなのだが、母親として認めていないことは明らかだ。ふたりの会話が弾んでいるところなんて、私は見たことがなかった。

かくいう私も、お母さんとの血の繋がり云々は抜きにしても、梅子おばあちゃんのことは苦手だ。

口数が少なくて無愛想。昔から話しかけても、「へえ」「そうなんか」「ふぅん」と味気ない相槌しか打たず、次第にこちらの心が折れてしまう。いつも顔が強張っていて怖いし。

お母さんのことも私のことも、『家族』だなんて思っていないんじゃないかな……って。ちょっと悲しいけど、そう感じている。

こんな調子だから、隣町にひとりで住んでいるおばあちゃんと進んで会うわけもなく、もう長らく交流がなかった。この突然の手紙は本当に驚きだ。

私は二階の自室に駆け込むと、学習机の上でさっそく手紙を開封した。

『拝啓

入梅の候、いかがお過ごしでしょうか？　急なお手紙を失礼します。

この度、捨て猫を拾って飼い始めました。近所の公園でカラスに襲われているところを、助けて保護したら懐かれたためです。

性別はオス。名前は「けだま」です。よかったら写真を見てください。

敬具』

「え、これだけ？　しかも、おばあちゃんが猫を飼い始めたって……」

三つ折りの便箋に、綺麗な字で綴られていた簡潔な文は、私に大きな混乱を与えた。私の中の冷たいおばあちゃんのイメージと、捨て猫を助けて飼うという優しいイメージがどうにも噛み合わない。

とりあえず、同封されていた二枚の写真を見てみる。撮影はポラロイドカメラのようで、私もあまり触れたことがないアナログな仕上がりだ。

写真にはどちらも、雑種であろう茶ブチの猫がピンで写っていた。一枚目は木造の柱を一心不乱にカリカリと引っかいている図。二枚目は座布団の上で心地良さそうに寝ている図。

コロコロと丸っこくて、人懐こそうな雰囲気だ。どこか間の抜けた愛嬌もあり、つい「可愛い……」と声に出して呟《つぶや》いていた。

私はもともと猫好きだ。小学生のとき、猫が飼いたくてお母さんに訴えたことがあったけど、新築の家をボロボロにするからダメ！　と撥ね除けられたっけ。写真から想像するに、おばあちゃんの古い家なら引っかき放題なのか……と、なんだか微笑ましくなってしまう。

「でもなんで、おばあちゃんは私にこの写真を送ってきたんだろう……？」

――その夜の夕食時。

お父さんはまだ仕事中で帰っていない。お母さんとふたりでビーフシチューを食べながら、私はおばあちゃんの手紙のことを話題にした。お母さんは眉を寄せて、「なんでそんなことを、あの人が……」と怪訝な顔をする。

「私も写真を送ってきた理由はサッパリでさ。でも可愛いかったよ、けだまっていうんだって。写真見る？」

「……遠慮するわ。だいたい、あの人に動物の面倒なんて見られるのかしら？　愛情を持てるとは思えないわ」

それは暗に、実子ではないとはいえ、子供の自分にも持てなかったのにと、お母さんは言っているようだった。

お母さんも出会った当初は、新しい母親である梅子おばあちゃんに、何度か歩み寄ろうと試みたことはあるという。仮にも家族になるのだから、ギスギスした関係ではいたくない、と。

だけど一度、勇気を出して渡したプレゼントを無下にされてから、歩み寄ることは諦めたと前に話していた。

なんでもお母さんは、おばあちゃんの誕生日に、中学の部活動で作ったサコッシュを贈ったそうだ。お母さんは中高と手芸部で、今も公民館で手芸教室を開くほど裁縫が上手い。手作りサコッシュをきっかけに、ちょっとでも梅子おばあちゃんと仲良くなれないかなと期待した。

だけどおばあちゃんは無表情で淡々と受け取っただけで、喜ぶこともなければ、礼のひとつも言わなかったらしい。その時のことを語りながら、お母さんは苦い表情で「プレゼントなんてなんの意味もなかったわ、もうとっくに捨てられているでしょうね」と零していた。

このことで『多感なお年頃』ってやつだったお母さんの心が傷つき、梅子おばあちゃんとの確執が決定的なものになったことは間違いない。

「……おばあちゃんからの手紙って、返事するべきかな」

「返さなくていいわよ」

スプーンでビーフシチューのジャガイモを掬《すく》うお母さんの態度は、どこまでも素っ気なかった。私もなにを書けばいいかわからなかったから、これっきりだろうしと返事は出さなかった。

——だけど、おばあちゃんからの『猫だより』は、それからちょくちょく届くようになった。平均して月に二回、多い時は月に四回。

『今日もけだまは元気です。朝起きたら布団にもぐり込んでいて、気付かず潰しかけて肝が冷えました』

『けだまに首輪をつけてみました。近所のペットショップで買いました。似合っていると思うのですが、どうでしょう？』

『けだまは赤いボールがお気に入りのようです』

それらの文《ふみ》と共に添えられてきたのは、ベッドのほぼど真ん中を陣取るふてぶてしいけだま、首輪をつけて心なしかドヤ顔のけだま、赤いボールを肉球でちょいちょいと転がして遊んでいるけだまの写真だった。どれもベストショットで、おばあちゃんはなかなか撮るのが上手い。

一通目は返事を出さなかった私だが、何通目かの『けだまが毛玉を吐きました。病気かもしれません……』という文に心配になって、思わず急いでレターセットを買って『けだま、大丈夫なの？』と尋ねる手紙を送ってしまった。

このデジタルな世の中、手紙なんて初めて書いたかもしれない。簡単に送れるメールやメッセージアプリより、言葉だって自然と慎重に選ぶし、伝えたいことをより整理できるのはよかった。

おばあちゃんからはすぐに、『病気というのは私の早とちりでした、ごめんなさい』と謝罪が来た。

猫は毛繕いの際に抜け毛を飲み込むことがあって、体内で消化できない分、口から毛玉を吐くのだという。猫の習慣のひとつで、頻度が高ければ問題だが、たまになら必要以上に心配しなくていいんだって。なんともなくてよかったが、意外とおばあちゃんがおっちょこちょいで笑ってしまった。

この『けだまの毛玉吐き事件』がきっかけで、一方的だったおばあちゃんからの手紙に、私は返事を一通一通出すようになった。

手紙では知らなかったおばあちゃんの一面が知れて、すっかり私の中のイメージは塗り替えられていった。

おばあちゃんは、怖くて冷たい人なんかじゃない。けだまをめちゃくちゃ可愛がっている、おばあちゃん自身もなんだか可愛い人だった。

お母さんから聞かされる話も相俟《あいま》って、表の印象だけで偏見を抱いていたんだな……って、ちょっぴり反省もした。私自身がちゃんと、おばあちゃんの人となりをもっと見てあげるべきだった。

そして純粋に手紙のやり取りが楽しくて、あっという間に半年以上も途切れず続いた頃、私に猫だよりを送ろうと思った理由を、満を持して質問してみた。

「あっ、返事来てる！」

土曜日の朝方。チラチラと粉雪が降る、冬の季節。

私は寒さに身を震わせながら、いつも通りにポストから封筒を抜き取った。電気毛布を敷いた自室のベッドに寝転がって、ワクワクしながら手紙を読む。

そこには私の質問への答えがバッチリ載っていた。おばあちゃんは親戚伝手に、私が猫を飼いたいと騒いでいたときの話を聞いて、猫が好きなら写真を送れば喜ぶかも……と考えたらしい。あとは単純に、けだまの可愛さを自慢できる相手が欲しかったそうだ。

「おばあちゃん、けだまに骨抜きにされているなあ。私もそろそろ直接会いたいかも……今回の写真も可愛いし」

今回の構図は、けだまが前足に布の紐を引っ掛けて、これまた布の塊をズルズルと引き摺っているところだ。布が赤と青のチェック模様なことはわかるが、見切れていてそれがなにかまではわからない。くたびれていて、かなり年季が入ってはいそうだ。

だけどおばあちゃんにとっては大事なもののようで、『私の宝物が、けだまに取られてしまいました。取り返しましたが、ほつれたところが直せません、困りました』とコメントがあった。

「おばあちゃんは裁縫、苦手なのね」

これを口実に会いに行けばいいかもと閃《ひらめ》く。けだまと初対面したついでに、私がおばあちゃんの宝物とやらを縫い直してあげよう。お母さんほどじゃないけど、私もけっこう裁縫は得意なのだ。

そうと決まれば、手紙でそちらに遊びに行っていいか訊かなくちゃ……。

「……あ、でも、さすがにおばあちゃんのところに遊びに行くとなると、お母さんに許可は取った方がいいよね」

お母さんは、私とおばあちゃんの手紙のやり取りに関しては、特になにも言ってはこない。それでも私とおばあちゃんの仲に、複雑な感情を持っていることは確実で、許可をもらうのもいまひとつ気が引けてしまう。

「うーん、難しいなあ……とりあえず、おばあちゃんの方に先に聞いてみよう」

そうして今年一番の大雪の日に、郵便屋さんが頑張っておばあちゃんからの返信を届けてくれたのだが、封筒はいつもより分厚かった。

『友恵が遊びに来たいと申し出てくれたこと、とても嬉しく思います。だけど友里香《ゆりか》が許さないでしょう。きっと嫌な顔をされるはずです』

……友里香は、お母さんの名前だ。

その先、何枚にも渡る便箋には、初めてけだま中心の話ではない、おばあちゃん自身のことが綴られていた。

『私はもともと、明るい性格ではありません。人付き合いが苦手で、口下手で、不器用で……あなたのお祖父さんはそんな私のことを、可愛いと言ってくれましたが、裏目に出ることの方が多い人生でした。

友里香とだって、本物の仲のいい親子みたいになりたかったのに、ずっと接し方がわからず一定の距離を保っていました。

友里香が私に嫌気がさして、大学進学を機に家を出ると宣言した時、本音はとても寂しかったのに……引き留めさえもできませんでした。もっと友里香と家族としてやってみたかったことを、最近はけだまに打ち明ける日々です。

こんなことを言うと呆れられるでしょうが、けだまは私にとって、作れなかった温かい家族の代わりなのかもしれません。

叶うならやり直せたら……なんて、友里香にも友恵にも、今さらですよね。でもこうして、長年溜めていた気持ちをせめて友恵には伝えられて、自己満足ですが安堵しています。手紙なら素直に書けると、この歳になってけだまに教えられました。

急にこんなこと、本当にごめんなさい。けだまには会いに来て欲しいけど、友里香が許さないなら諦めてください。このことで、ふたりが喧嘩するなんて止めてね。

サコッシュのことも、縫い直すと言ってくれてありがとう。自力でなんとかするので、どうか気にしないで』

「おばあちゃん……というか、サコッシュ……？」

私はそこで、ハッとその可能性に気が付いた。いてもたってもいられず、手紙と机の中に仕舞っておいた一枚の写真を持って、自室を出て一階にいるお母さんの下へと急ぐ。

「お母さん！　これ！　この写真を見て！」

ダイニングのテーブルでお茶を啜《すす》っていたお母さんに、私は写真を突き付ける。

「なによ、もう」とお母さんは私の慌ただしさに困惑していたが、次第に目を見開いていった。

「これ、私があの人にあげた……」

けだまが引き摺っていた、赤と青のチェック模様の布の塊……それはまさしく、お母さんが梅子おばあちゃんに贈ったサコッシュだったのだ。

写真を手渡せば、お母さんは食い入るように見つめている。

「……その写真のサコッシュについてね、おばあちゃんはこう書いていたよ。『私の宝物』だって」

「宝物……ウソでしょう？」

お母さんの写真を持つ手が、小刻みに震えている。そんなお母さんに、私は先ほどまで読んでいた、たくさんの便箋を差し出した。ここには『家族』に対するおばあちゃんの想いが詰まっている。

そちらも受け取って、目を通したお母さんはくしゃくしゃに顔を歪めた。まだ戸惑いが勝つのか、「そんな、まさか、でも……」と意味のない言葉をもごもごと繰り返すお母さんの手を、私は横からぎゅっと握る。

「ねえ、お母さん……今からでも『家族』をやり直すの、遅くはないよね？私とお母さんと梅子おばあちゃん、それからけだまで！　あとお父さんも！」

「やり直す……やり直せるのかしら、これからでも……」

「できるよ、いくらでも！　だからさ、まずは一緒に、おばあちゃんとけだまに会いに行こうよ！」

ねっ！　と促すと、私の提案に、お母さんはやがておずおずと頷いた。

次の手紙にはこう書かなくちゃ、『春になったら、おばあちゃんとけだまに会いに、そちらに遊びに行ってもいいですか？　お母さんも一緒です』って。

サコッシュも、お母さんに縫い直してもらおう。針を通しながら、ぎこちなくてもいい、おばあちゃんとすれ違っていた分の会話をして欲しい。

その間、私はけだまと遊んでいるからさ。

「会える日が楽しみだね」

そう写真のけだまに笑いかけると、けだまがニャアと嬉しそうに鳴いた気がした。

猫と父と月の夜

神野オキナ

「……うーん」

雄介《ゆうすけ》は、そろそろ退屈してきたテレビを消して、溜息をついた。

リビングには雄介だけである。

妹が嫁に行った翌日の夜、というのは不思議なものだ。

小さな我が家は、それまでの数日間戦場みたいなもんだった。

決戦だったのは昨日、結婚式当日だ。

朝早くから、やれ式場へだの、衣装だの、挨拶だのにキャンドルサービスだの、見送るために空港までだの、とドタバタで、さらに今朝から昼過ぎまでは礼服のクリーニングだ、無事についたかどうかの確認メッセ待ちだ、と両親も雄介もドタバタしてたが、それも落ち着いて、夜も八時を過ぎてくると「我が家に家族がひとり足りない」という事実が音で分かってくる。

雄介の妹……ユキはサバサバした性分で、同時に賑やかな奴だった。

我が家の騒音は八割ぐらい、ユキの声だった。

それが、ない。

一昨日まではなんだかんだと実家にも顔を出し、あれこれやっていたから、どこかから妹の声が聞こえて来たものだが……そして、これからユキの声が聞こえる場所は、ここから遠く離れた隣の県の新居になる。

家族がひとり旅立った。

雄介たち家族の中でいつも鳴り響いていた、ユキという名のＢＧＭは、これからは滅多に聞けないものになった。

そのことに気がついて、夕食時、雄介も両親も、なんとなくテレビの音量をあげた。

滅多に見ないバラエティ番組のひな壇からの喧噪《けんそう》は、やっぱり妹の賑やかさの代わりにはならなかった。

明日の昼過ぎには雄介も自分の家に戻らなきゃならない。

だが、そのまま眠る気分には、なんとなくなれなかった。

雄介は、リビングでボンヤリとテレビを見るのも飽きて、ちょっと近くのコンビニで酒とつまみを買って自分の部屋で一杯、と決めた。

いや、3杯ぐらいのつもりで、たまたま、驚く程安売りされていた結構いい銘柄のウィスキーの小瓶を2本買ってきた。1本買うのと同じ値段なら2本買うのは当たり前だ。余れば父親に置いていこうと思った。

不思議に静かな四月の夜、桜がほころび、月が空にくっきり見える中、少し洒落たことをしてる気分で雄介は鼻歌なんか歌いながら戻ってきた。

時間はもう10時。

母親は既に眠ってる……昨日の疲れがどっと来る前に、もう床についているんだろう。数年前に倒れて以来、母親は「無理しない」を金科玉条に掲げている。

2階の自分の部屋に上がる。有り難いことに家を出て10年経つのに、まだ部屋をそのままにしておいてくれている。

妹の部屋は奥、雄介は手前……今から20年前、まだ新築ホヤホヤだった家の2階に上がるなり「あたし奥の部屋！」とユキが勝手に決めていた。

当時小学生のユキはそのころから、何故かアクティブでアグレッシブなパンクロックなんぞに填《は》まってたんで、「そこからなら、周囲に遮られることなく、満月が眺められるから」という随分ロマンチックな理由を後で知って、雄介は驚いたものだ。

ドアが僅かに開いている。

一週間前から、部屋の中はがらんどうだ。

ユキは結婚して相手の家に行くとき、持ち物を殆《ほとん》ど処分してしまっていた。

「だって、残していってもしょうがないじゃない」

まあアルバムだの大事な思い出の品などは新しい家に持っていったが、それでも郵便局で扱う一番大きな箱一つ半ほどしかなかった。

そういえば壁に押しピンの跡も四つしかない……シド・ヴィシャスのポスター一枚以外、部屋の装飾らしいものは殆どないのがユキらしかった。

やっぱり小学校時代からパンクロックと共に旅に憧れ、大学卒業と同時に、ふらっと2年も世界一周の旅に出ただけあって、ミニマリストが板についてる。

そこに人の気配がした。

雄介は足を停める。

「にゃー」

ついでに猫の気配もした。

雄介は足音を忍ばせてそっと中を覗き込む。

がらんとした、色あせてはいるが、綺麗に掃除機をかけられたばかりの絨毯《じゅうたん》が敷き詰められた、薄暗い部屋の窓際で、雄介の父が、窓から差し込む月明かりに照らされながら、もう随分老齢のキジトラの猫を抱いているのが見えた。

「ユキがお前を拾ってきた日を憶えてるぞ、雨の日で、帰ってきたらリビングのソファに寝っ転がってたな」

雄介の父は腰窓の側に腰を下ろし、我が家の猫、カレー（♂）を膝に抱いて静かな声で続けた。

足下には缶ビール。ウィスキー党の父にしては珍しい。

ここ連日、父の愛飲してるウィスキーの中身は結構減っていて、今日酒瓶棚を覗いたとき、ツーフィンガーを二杯も注げば空になりそうな分量しか残ってないのは知ってる。だからこそのビールなんだろうか。

「子猫の頃からお前は態度がデカかった」

苦笑しながら雄介の父は続けた。

「たしか、いきなり我が家に侵入してきてカレー鍋の中身を食べようとして鍋の中に落っこちたんだよな。

まったく、どういう猫だ……だからカレーなんて名前が付いたんだろ」

実際には15年前、猫好きの母親が妹と意気投合して、保護猫だったカレーを施設から引き取ってきただけで、勝手に入ってきて云々《うんぬん》は、妹が咄嗟《とっさ》に言った作り話だ。

父親が変な由来の歴史上の人物を好むと知っていた妹のユキが、ネコより犬派の父を説得するために口から出任せに出した話だったのだが、疲れ切っていた父親には妙に受けて、そのまま家族の仲間入りを許された。

だから父は今でもそう思ってる。

「あの子が泣いて頼むから、お前の態度のデカさに眼を瞑《つむ》ってやったんだ。まったく、お前ときたらグータラしてるくせに、たまにユキが窓を開けるとどっかへ飛びだして、その度に一家総出でお前を捜す羽目になったなぁ」

そうだった。基本カレーは家猫で、外に出さないようにしてたんだが、若い頃は隙さえあれば外に飛び出す癖があった。

雄介も当時、予備校帰りにブツクサ言いながらカレーを探したのを憶えてる。

幸い、頭がいいのか冒険心がすぐに消えてしまうタチなのか、一時間ほどで見つかる範囲に必ずいたのだが。

今では冒険心は衰えたようで、このごろは側で窓が開いてても、あくびをするばかりだ。

「でも、3年前に母さんが倒れたとき、ニャーニャー鳴いて知らせてくれたのはお前だったな」

父親の言葉に、雄介は思わず息を呑んだ。

入社2年目の夜、「母さんが倒れた」と知らされたときは生きた心地もしなかったものだ。

たまたま休みで家にいた父の下へ、カレーは飛んでいって大声で鳴き、それで父が母の異常に気付いた。

あと15分遅かったら、助からなかったかも知れない、と医者に聞かされた時、雄介もユキも、カレーに感謝したものだ。

「お前が私に知らせてくれたから、母さんは今も元気だ。リハビリの時も、お前妙に母さんのそばに居たな……そこは礼を言う」

親父は雄介に気付いていないらしく、まるで人間相手にするように語りかけつつ、ひたすらカレーの、キジトラの毛皮を撫でている。

「あの子がバンドのコンテストに負けて落ち込んだとき、家族の中で近づけたのはお前だけだったなぁ。次が母さん、私は最後だった」

親父はほろ苦く笑う。

それも憶えている。家の中で唯一、ユキが賑やかじゃなかった一週間だった。

「……今となっちゃ笑い話だが、あの時は母さんもあの子たちの受験を控えてピリピリしてたからなぁ……私も仕事にかまけて、母さんのことをほったらかしにして……あのままだったらそのまま離婚したかもしれん」

カレーはゴロゴロと喉を鳴らしてる。どこか「もっと誉めろ」と言ってるように思えた。

「あの子が落ち込むと、私や母さんより、お前が側にいたほうがよかった。親としちゃ複雑だが、お前がいてくれたお陰だ……結婚式に連れてったのはそういうことだからな、判るか？」

式場関係者を説き伏せ、キャリーバッグに入れたまま、という条件の下、カレーは妹の結婚式に「出席」してた。

雄介は、単に父が歳を取って猫馬鹿、もとい猫かわいがりが過ぎるようになったと思っていたが、どうやら心からの「家族への感謝」だったのだろう。

「そういえばあの子が成人式の日、家族で写真を撮る、って決めた時、ちゃっかりあの子のカバンの中に潜りこんでやがって……まったく」

それに、と父は少し声を湿らせた。

「あの子があいつを連れてきたとき、私がどうしようか迷ってるとき、お前あの時、声かけてくれただろ。

『にゃー』ってな。

あれ、私に『落ち着け』って言ったつもりだったんだろう？　私にはそう聞こえたぞ？

まあ、本当に私は混乱してたんだろうな。

お前が鳴くのがあと一瞬遅かったら、私はあいつをぶん殴ってたよ」

カレーが咎《とが》めるように短く鳴いた。

「娘婿をあいつって呼ぶな、ってか？　いいじゃないか。明日からはちゃんと名前で呼ぶよ。

しかし、あの子のいないこの部屋は広いなあ……」

父はそう言って不意に黙り込み、雄介は立ち上がった。足音を忍ばせて、一旦階段を降り、今度はわざと足音を立てて戻った。

「や、やあ雄介、どうした？」

父の目が赤かったが、雄介はしらぬ顔で笑みを浮かべた。

ユキは死んだわけじゃない。余所に行って元気にやってるだけだ。

でも、家族に現実的な「距離」が出来るのは、やっぱり寂しい。

同時に、嬉しくもあるんだろう。

親としては子供を育て、無事に世間に送り出し、さらに結婚という新しいステージにまで届けたのだ。

でも寂しい。

その気持ちが、1万分の1以下かも知れないが、雄介には判る気がした。

雄介が明日、ここを去ったらますます家は寂しくなるだろう。

いずれ慣れるかも知れないが、それでも。

20年前、この家に来た時雄介は中1、妹は小学校5年生。

この家を駆け回り、怒鳴ったり、怒鳴られたり笑ったり、笑われたり。

丁度、雄介の足の下にあるリビングで、20回もクリスマスを、正月を、誕生日を祝った。

雄介が大学に受かり、妹が大学に受かり、卒業したときも、この家だった。

就職して遠くの県に行くときも、ここで祝った。

雄介の部屋はまだここにある。

だが、妹は中身ごと持って行ってしまった。

それは個性の差だし、当然ではあるんだろうが、親としては誇らしさよりも寂しさがあるのは間違いない。

色々、話そうと思ったが、なんか、口に出すのは躊躇《ちゅうちょ》があった。

何しろまだここは「妹の部屋」なのだ。たとえ持ち主がいなくても。

酒の力でも借りないと、こんなこと、男同士じゃ喋《しゃべ》れない。

「親父、カレーと俺と三人で乾杯しようぜ。これから晴れて新しい家を作る我らが妹さまのためにさ」

そう言って、雄介は父のビールのプルタブを引っ張る。

「おい、カレーに飲ませる気か？」

「知らなかったのか？　親父、こいつ結構いける口だぜ？」

「ほんとか！」

驚愕する父親に、雄介はにやっと笑って見せた。

妹に騙されたときから、この父親は何も変わらぬ善人なのだと改めて思う。

「……冗談だよ、ほれ、カレー、お前にはこれだ。好きだろう？」

雄介はスティック状の猫用おやつゼリーをカレーの皿に出してやった。

カレーは上機嫌に喉を鳴らしながら皿の前にやってくる。

「じゃ、俺たちはこれで」

「だな」

俺はプルタブを引き、親父と久々に酒を酌み交わす。

カレーは紙皿を舌鼓を打つように舐めつくし「なー」と鳴いた。

どうやらあと2本ぐらい、こいつにやらないといけないようだ。

天邪鬼の勇気

国沢裕

高校生になって、一か月が経った。学校から帰宅した沙絵《さえ》は、自分の部屋に入ると、真っ先に机の上に置かれたパソコンの電源を入れる。

開く画面は、動画サイトだ。そして、猫動画がいくつも新着で公開されているのをチェックした沙絵は、嬉しそうに口角をあげた。

沙絵は、この動画サイトが——猫の動画を眺めることが大好きだ。


中学生のころから、時間があれば、動画の中の猫を見つめている。お気に入りの猫の動画は繰り返し見るし、いくら眺めていても飽きることがない。

動画をバックに、宿題も試験前の勉強もする。猫の動画が流れているだけで沙絵は集中できるし、ホッと一息ついたときに、可愛らしい鳴き声と愛らしい瞳を見るだけで、たちまち癒される。

沙絵の生活は、いつも猫とともにある。

それだけ猫が大好きな沙絵だったが、いままで猫を飼ったことがない。

沙絵が小学校に入学するころ、アパートから一戸建てに引っ越しをした。その生活に慣れた沙絵は、念願の猫を飼いたいと、母親に切りだした。

けれども、まったく相手にしてもらえなかった。

「せっかくの新しい家なのに、柱や壁に傷がついちゃうじゃないの。それに掃除が大変でしょう？　沙絵は、自分の部屋もちゃんと片付けられないのに」

「ちゃんと掃除、するから。猫が爪をとがないように気をつけるから……」

「それに、自分が飽きっぽいことを知っているでしょう？　誰が餌を用意してあげるの？　お風呂に入れるの？　トイレ掃除をするの？　なんでも、いつも途中で放りだすくせに、生き物の世話なんて、できるわけがないでしょう？」

必死でねだって買ってもらった好きなゲームでさえ、クリアできない場面で放りだした。そのまま最後までやり遂げられず、結局、弟にあげてしまった。

長続きしない性格を持ちだされたら、沙絵は言い返せない。

「そんなに言わなくてもいいじゃない！　いいもん。もう、猫なんて飼わなくていいもん！　おかあさんのケチ！」

「こら！　おかあさんに、なんてことを言うの！」

小学生の沙絵は、ここぞとばかりにまくしたてる母親に太刀打ちできなかった。そのうえ意地っ張りでひねくれていて、いつも後悔する。

小学生のあいだは、友だちの家の猫を撫でさせてもらった。中学生になってからは、父親に譲ってもらったパソコンで猫の動画を見ることで我慢した。

そして、高校生になったいまも、猫の動画を中心に過ごしている。

その日も猫動画を流すパソコンの前で、沙絵は、宿題のプリントを広げた。

動画の中では、ふわふわとした毛のペルシャが、部屋の向こうから飼い主を見つけて、転がるように駆け寄ってくる。そのままクリクリの潤んだ瞳を向けて、膝の上に乗った。やがて、机に向かって仕事をする飼い主の腕を枕にして、うっとりとした表情になると、気持ちよさそうな寝顔を見せる。

なんて愛《あい》くるしい。なんて愛《いと》おしい。

そして、なんてうらやましい。

触りたい。もふりたい。もふもふしたい。猫、マジ天使。

「――ねーちゃん。顔がニヤけてる」

呆れたような声が聞こえて、沙絵はビクッと振り向いた。

開けっぱなしの部屋のドアの向こうに、やれやれといった表情の弟が、制服姿で立っていた。弟に見られた恥ずかしさから、沙絵は刺々しい声をだす。

「ちょっと！　勝手に部屋の中、のぞかないでよ！」

「ねーちゃんの気持ち悪い笑い声が、廊下まで聞こえてきたんだよ」

中学二年生の豪《すぐる》は、サッカー部に所属している。沙絵は集中していて気づかなかったが、もう部活から帰ってくる時間になっていたらしい。

ムッとした沙絵に向かって、豪は言葉を続けた。

「それにねーちゃん、動画サイトで使っているアカウント名が『さえらぶきゃっつ』って、超ダサい。センスねーな」

「もう、うるさいな！」

沙絵が片手を振りあげる真似をすると、豪はすぐに逃げだした。

沙絵は昔から、考えて行動する前に、思ったこととは逆の言動をとる。照れ隠しが、乱暴な言葉づかいと失礼な態度になってしまう。

そんな沙絵の性格を知っている親友とは、別の高校になった。彼女が看護科のある高校に進んだからだ。沙絵は、てっきり親友とは同じ高校に進学するものだと思っていた。なのに親友は、将来の夢を叶えるために進路を変えた。

親友から進路の相談をされたときに、沙絵は、寂しさから反射的に「ふたりで一緒の高校に行くって、約束していたのに。看護師なんて大変なだけじゃない！」と叫んでしまった。

違う高校になってしまうのは残念だけれど、親友なら、彼女の夢を全力で応援したかった。そう沙絵が後悔したときには、親友との関係は、ぎくしゃくしてしまっていた。すべては、意地っ張りな沙絵の性格のせいだ。

その後、仲直りしようと用意したおそろいの合格祈願のお守りも、渡す機会がないまま、中学の卒業を迎えてしまった。

アパートのころのお隣さんで、幼馴染として過ごした男の子、壮史《そうし》は、沙絵のことをよく理解してくれていた。その彼とも、高校は別になった。

歯に衣着せぬ彼は、中学最後の日、一緒に下校しながら沙絵に言った。

「おまえって、すぐに思ったことの反対を言うだろう？　高校生になったら、その天邪鬼な性格を直せよ？　親友のために、合格祈願のお守りを用意したのに、結局渡せていないよな？　今日も本当は、親友と一緒に帰りたかったんだろう？」

「よけいなお世話！　壮史に、とやかく言われる筋合いなんてないよね？」

「ほら、その言い方。誤解されやすい、おまえのために言っているんだ」

「うるさいな。放っといてよ。口やかましい壮史と高校が別で、清々するわ」

沙絵のことを思って言ってくれているのは、沙絵にもわかった。これまでにも、意地を張る彼女とクラスメイトとの仲を、幾度壮史に仲裁してもらったことか。だからといって、素直に彼の言葉に従えない。

高校も中学に引き続きサッカー部に入った壮史とは、会う機会が自然に失われてしまった。気になるが、意地っ張りな性格が災いして、自分から連絡できない。

弟の豪は、沙絵と違って、周りの空気に合わせることが得意だ。毎日、サッカー部の仲間たちに囲まれ、家でも外でも活動的に楽しく過ごしている。壮史とも、サッカーを通じて連絡を取っているようだ。

沙絵は、高校のクラスに馴染めていないわけではない。ただ、自分の性格を考えると、誤解されたらどうしようと思ってしまって、なかなか踏みこめなかった。学校帰りに、一緒に寄り道をするほどの友だちはできていない。

そのために沙絵にとっては、授業が終わると一直線に家に戻り、大好きな動画を眺めることが、いまのところ一番の趣味であり楽しい時間となっていた。

小さいころから猫が好きなのは、人間が好きなのにツンとした態度をとる猫が多く、沙絵は、そんな彼らに親しみをおぼえているのかもしれない。

高校の授業が終わって、最寄駅からの帰り道。

小さな公園の柵沿いに置かれた段ボール箱が、足早に帰宅を急ぐ沙絵の目に入った。自然に足が止まる。そして、沙絵はドキドキとした予感を持ちながら近寄り、かがんで箱の中をのぞいた。

ああ、やっぱり。小さな猫が一匹。箱の隅で丸くなっている。

じっと見つめながら、沙絵は、頭の中でぐるぐると考えた。

母親は、絶対に拾うなと言うだろう。きっとまた、世話も満足にできないくせにと言われるに決まっている。そういう自分も、小学生のころといっても、売り言葉に買い言葉で、猫は飼わないと啖呵《たんか》を切ってしまった。

それに、あのときはただ、猫が飼いたいだけだったけれど。いまは、命を目の前にして、その世話をする責任の大きさを感じている。

だからといって、このまま放っておくこともできずに、ふるふる震えている小さな毛玉を、沙絵は長いあいだ、しゃがんで見つめていた。

全体的に白い短毛で、頭の一部や背中、立ち耳が茶色い。ちらっと見えた左の前足も茶色。縞模様だ。とても小さくて、両手のひらに乗りそう。でも、いま手を差し伸べてしまったら。そのあと、その手を振り払うことなんて、沙絵にはできない。

だったら、はじめから手を差しのべるべきではないだろう。

そう判断した沙絵は、涙をのんで立ちあがった。

後ろ髪をひかれる思いで、沙絵は仕方なく家に向かって歩きだした。


自室で動画サイトを開いても。

どうしても、さっきの子猫の姿が目の前にちらついてしまう。

気がつけば、沙絵は、部屋を飛びだして公園に向かって走っていた。

けれど、もう、段ボール箱は持ち去られたあとだった。

意気消沈しつつも、これは縁がなかったということなんだと思って、沙絵はトボトボと家に戻るしかなかった。


数日経って、お気に入りの動画を眺めているときに、沙絵は、おすすめ一覧で新しい投稿を見つけた。なにげなく再生したその動画の中に、なんと、先日公園で見た子猫そっくりの猫が映っているではないか。

間違いない。あの頭の模様、左の前足まで、そっくり同じ色だ。あのときは見えなかったが、動画の子猫の瞳は、黒目の周りが薄い水色を帯びていた。

画面に流れるテロップに、捨て猫を保護しましたとある。やっぱり、同じ子猫なのだろうか。この動画主は、あの公園の近くに住んでいるのだろうか。

動画主の声は、まったく入らない。やわらかな音楽と子猫の様子を流し続ける。ときどき、子猫や動画主の心の声がテロップで流れる、やさしい作りだ。

「そうか。茶色と白の子猫だと思っていたけれど、縞模様のことをタビーっていうんだな。それじゃあ、この子はレッドタビー&ホワイトになるのね」

成長を見守るように、その子猫の動画を、沙絵は夢中になって追いかける。

なかなか動画主に懐かなくて、すぐに部屋の隅に逃げて丸まる。それでも、哺乳瓶でミルクを飲んだ。体重が昨日と比べて増えた。手袋をした動画主が撫でようとするとすり抜ける。まだ猫じゃらしで遊んでくれない……。

数日後、その動画主が、子猫の名前はどうしようとテロップでつぶやいた。

沙絵は食いついた。『さえらぶきゃっつ』というアカウント名を後悔したが、沙絵は、次の動画がアップされる前に、急いでコメントを書きこむ。

『トイはどうでしょう。ドイツには幸運を祈るトイトイトイというおまじないがあるそうです』

その次に公開された動画で、子猫の名前はトイに決まりました、というテロップが流れるのを見た沙絵は、歓声をあげて、パソコンの前で万歳をした。

同時に、どうしてあのとき、自分は子猫に手を差しのべられなかったのだろうと、泣きそうなくらいに後悔した。


ますます沙絵は、その動画にのめりこむ。

ようやく動画主に馴れてきたトイは、動画の中で元気に遊んでいる。ふわふわの毛。ちんまりとした小さな体。仰向けになって猫じゃらしで遊ぶ姿。その可愛い肉きゅうに、沙絵は目尻を下げる。

眠そうな表情にきゅんとする。撫でようとすれば逃げるくせに、飼い主のあとを転がるようについて回る。キラキラの瞳でカメラを見あげてくる表情。もう、眺めているだけで、沙絵は幸せな気持ちになってくる。

そんな姉の姿に、ついに弟は、ため息をつきながら口を開いた。

「ねーちゃん。そんなに猫が好きなら、母さんにそう言えばいいのに。一回ダメだって言われたくらいで諦めたから、その程度だと思われたんだよ。ちゃんと、筋を通したの？　口だけじゃなくて、自信をもって自分で世話ができるって証明したのかよ？　意地っ張りな性格は、そうそう変わんないだろうけど、一度くらいは素直になってもいいんじゃないかなあ」

「なによ。偉そうに」

沙絵は振り向いて、不服そうな表情を豪に見せる。だが、そのとおりだと思うと、それ以上は言い返せない。黙りこんだ姉に、豪は言葉を続ける。

「普段の生活でもそう。ねーちゃん、そりゃあ動画の向こう側にも、人はいるけど、もっと自分の周りに目を向けて、まず手が届くところで責任のある言動を見せるべきだと思うなあ」

生意気を言う豪に、沙絵は腹が立つよりも、その成長に驚いた。

そのとき、豪の視線が、沙絵の顔からパソコンの画面に向いた。そして、なにかに気づいたように目を見開くと、画面に向かって指をさす。

「ねーちゃん。動画に映っている部屋！　壮史にーちゃんの部屋じゃね？」

「え？」

「間違いないって。引っ越ししてからも、何回か壮史にーちゃん家《ち》に遊びに行ったこと、あるじゃん？　ここ、絶対、壮史にーちゃんの部屋だって」

そうか、そうなのか。

この猫動画の動画主は、あの壮史だったのか。

豪は、いまでもサッカーつながりで家に行くことがあるが、沙絵は、中学に入るころには遊びに行かなくなっていた。だから、全然気がつかなかった。

中学を卒業してから、壮史とは会っていないし連絡も取っていない。でも、子猫のことは確認したい。

なにより――いまは無性に幼馴染と話がしたい。

沙絵の表情を読んだのだろうか。しれっと豪は、甘えるような口調になる。

「おれ、たまには壮史にーちゃんに、ウチに遊びにきてほしいな……」

「──もう、仕方がないなあ」

弟に乗せられたふりをして、沙絵は携帯電話に手を伸ばす。

緊張しながらかけた電話の向こうの幼馴染は、最後に会ったときの気まずさなど、まったく感じさせなかった。

『あー。あの公園で、偶然おまえを見かけてさ。あのときの沙絵の様子を見ていたら、この猫は必ずおまえの猫になるって予感がしたから、おれが保護したんだ』

子猫の名前をトイと決めたのは、アカウント名で沙絵だとわかったからだと照れたような声で続けて、彼は電話の向こうで笑った。

幼馴染のほうが、自分のことをよくわかっている。

歩み寄ろうとせずに壁を作っていたのは自分のほうだけで、豪も壮史も、意地っ張りな沙絵を、理解しようとしてくれている。

ありがとう。そう壮史に伝えた沙絵は、その足でキッチンにいた母親のところへ飛んでいく。そして、驚いたように目を丸くする母親に、頭をさげた。

「おかあさんは、飽きっぽいわたしにはできないって言うけれど、放りだしたりしない。ちゃんとお世話をする。猫を絶対に幸せにする。だからお願い、わたし、猫を飼いたい！」


廊下の向こうの部屋から顔をのぞかせた豪へ、沙絵は靴を履きながら叫ぶ。

「いまから壮史ん家へ、トイを迎えに行ってくるからね！」

そして、弾んだ足取りで玄関を飛びだした。

トイを迎えに壮史の家へ向かいながら、沙絵は、心の中で決める。

おそろいのお守りは、渡しそびれてしまったけれど。親友に、自分の素直な気持ちを伝えたい。

いまも夢に向かって頑張っている彼女に「応援しているよ」って。

化け猫リン

浅海ユウ

ハローワークに設置されているPCに自分の年齢と学歴、性別や資格をインプットして検索すると、該当する求人がずらずら並んだ。

スーパーのレジ係、倉庫での荷物の仕分け業務、コンビニの店員……。

「え？　これだけ？　企業の事務とかないの？　マジで？」

PCの画面を見つめ、愕然《がくぜん》とする。──きっと、コロナのせいだ。

本当なら私は今頃、空港内にある大手航空会社の子会社で運航事務の仕事をしているはずだった。ところが、新型コロナの影響で、内定を取り消されてしまったのだ。本当はCAになりたかった。けれど、この感染症の影響でどこの航空会社も業績が悪化し、各社とも今年の客室乗務員の採用を見合わせた。

とりあえず、希望する航空会社の系列会社に就職し、来年のCA既卒採用を目指すつもりだったのに。まさか、繋ぎの就活でこんなに苦戦しようとは……。

内定を取り消された後、就活に専念するため、塾講師のアルバイトも辞めた。

今は貯金を少しずつ切り崩しているが、いよいよお尻に火がついた。

絶望感に苛《さいな》まれる職安からの帰り道、運悪く雨まで降りだした。自宅アパートまであと少しだというのに……。鉛色の梅雨空を恨めしく見上げ、バッグから折り畳み傘を出して足を速める。

――え？　猫？

アパートの近くまで来た時、バス停のベンチの下で丸まっている黒猫が目に入った。雨を避けるようにじっとしている。その漆黒の毛並みをした猫がふと金色の大きな瞳をこちらに向けてナーオ、と一声だけ鳴いた。その金色の瞳になぜか懐かしさを感じた。が、今は猫にかまっているような余裕はない。

そのまま足早にアパートまで戻った。私の部屋は二階建てハイツの一階だ。いつものように鍵を開けて部屋に入った時、ポケットのスマホが震えた。

「あ、お母さん？　え？　就活？　う、うん、順調だよ。そ、そう。航空会社に決まりそう。だから帰らないよ、北海道《ほっかいどう》には」

両親は、地元である釧路《くしろ》に帰って就職しろ、としつこく言ってくる。

――無理だよ。田舎に帰るなんて……。

東京《とうきょう》の大学から合格通知をもらっていた私は有頂天になり、高校の同級生たちに『私、東京でＣＡになるから』と大見得を切ったのだ。

——今さら帰れないよ、地元には。それに、ＣＡの夢は絶対に諦めたくない。

通話を切ってすぐキーケースを台所のテーブルに投げた。鍵につけている鈴がリンと鳴る。

——大丈夫よ。来年はきっとＣＡの採用も再開される。とにかく繋ぎでいいから何か仕事を見つけて、夜は入社試験の勉強をしなきゃ。

焦る自分にそう言い聞かせながら、冷蔵庫から最後の缶ビールを取り出す。

——同じゼミだった子たちはどうしてるんだろ。皆も困ってるんだろうな。

そんな気がして『今夜、オンライン飲み会でもどう？』と大学時代の同級生で作っているグループにメッセージを送ってみた。ところが、『今、研修中』とか『今日は会社関係の付き合いがあって』とか『今夜はデートで遅くなる』とか、私とは別世界にいるような充実感を漂わせるレスポンスが並ぶ。

自分ひとりが取り残されているような気がした。

それからというもの、出掛ける度にバス停のベンチの下にいる黒猫と目が合うようになった。猫は私を見ると必ず、ナーオ、と鳴く。挨拶でもするかのように。見る度に、その猫の瞳に見覚えがあるような気がする。が、私は猫を飼ったことはないし、近所に黒い野良猫がいた記憶もない。

そんなことが一週間ほど続いたある日、私はベンチの下にいる黒猫に、「お前もひとりなの？　ウチ、来る？」と聞いてみた。どうしてそんな気になったのかわからない。動物が好きなわけでもない。多分、孤独感がピークに達していたのだろう。すると猫は私の言葉を理解したかのように、ゆっくりと腰を上げ、私の後ろをヒタヒタついてきた。――マジで？

規約に書いてはいなかったが、多分、ウチのアパートはペット禁止だろう。それなのに、後ろをついてきた黒猫をそのまま部屋に入れてしまった。

そして、冷蔵庫から出した牛乳を深めの小皿に入れてやりながら話しかける。

「私は松浦《まつうら》美波《みなみ》っていうの、よろしくね。お前の名前は？　黒ちゃん？　黒スケ？　ブラッキー？　ナーオ？　ニャオかな？　違う？　キティ、とか？」

思いつく限りの名前で呼んでみたが、黒猫は答えない。

「ま、返事するわけないか」

当たり前じゃん、と諦めていつものようにキーケースをテーブルに投げた時、鍵につけている鈴がリン、と鳴った。猫が「ナーオ」と返事をするように鳴く。

「え？　お前、リンっていう名前なの？」

そう聞くと牛乳を舐めている猫が再び「ナーオ」と鳴いた。リンという名前にも何となく懐かしさを感じた。が、それがなぜかはわからない。

その日から私はその黒猫を「リン」と呼び、同居するようになった。

リンはベタベタ触られることを好まず、たいてい部屋の隅でじっとしていた。が、気が向けばベッドでスマホをいじっている私にすり寄ってくる。同じ部屋に生き物がいるだけで気が紛れ、何となく癒された。

そしてある日、ふと気づいた。リンがキッチンと寝室を仕切るガラス戸を前足で開けたり閉めたりすることに。戸を開ける猫はいても閉める猫はいない。閉めるのは化け猫だという話を聞いたことがある。

「リン。お前、化け猫なの？　この際、化け猫でも何でもいいから、お願い！

私に仕事を下さい……って、願いごとを聞いてくれるのは化け猫じゃなくてランプの精だっつの」

冗談半分にリンを拝んだり自分にツッコミを入れたりした直後、リンがスッと腰を上げた。そして、換気のために少しだけ開けている窓からピョン、と外へ飛び出していった。振り向きもせず、私を見捨てるような冷淡な動作で。

「リン⁉　どこ行くの⁉　ダメよ！　戻ってきて！」

玄関のサンダルをはいて飛び出したアスファルトの道には激しい雨が降っている。私はずぶ濡れになりながら、リンを捜したが、見つからなかった。

「ついに猫にまで見放されたか……」

落ち込みながら部屋で求人雑誌を眺めていると、リンは一時間もしない内に「ナーオ」という鳴き声と一緒に出て行ったのと同じ窓から部屋に戻ってきた。

「リン！　心配してたのよ！　一体どこ行って……て、お前何咥えてんの？」

不思議なことにリンは全く濡れておらず、口に何かチラシのようなものを咥えている。それは近所にある個別指導塾のアルバイト募集の求人広告。そこは私が大学時代の四年間、講師としてバイトをしていた塾だ。

「え？　ここへ行けって言うの？　ついこないだ『就活するので』って言って、カッコよく辞めた塾に？」

だが、背に腹は替えられず、私は翌朝、その個別指導塾へ行ってみた。

「短期でもいいので、続けさせて頂くわけにはいかないでしょうか？」

カウンター越しに八田《はった》という男性チーフに恥を忍んで頭を下げたのだが……。

「え？　松浦さん、大学は卒業したんだよね？　ウチは有名大学の現役学生が講師やってるってのが売りなんだよね」

けんもほろろに断られた。カウンターの向こうに見える教室から、かつての教え子たちが緊張した顔でチラチラとこちらを見ている。そう言えば、『どうしてわからないのッ？』と、机を叩いたこともある。半泣きになる生徒もいた。

――私なりに一生懸命やってたつもりだったんだけどな……。私は厳しくて怖いだけの先生だったかも知れない。

それにしても、有名大学の現役学生しか講師に雇わないだなんて……。

——やっぱり、世の中は肩書なのよ。そのために頑張って東京の大学に入ったんだもん。田舎に帰って名もない会社に就職するなんて出来ないよ。

落ち込みながらアパートに帰ると、ポストに大家さんからの家賃の督促状が入っていた。今月中に家賃を振り込まなければ退去させられるようだ。

——実家に帰るしかないのかな……。私、もうＣＡにはなれないのかな……。

小学生の頃から、憧れの制服に身を包み、空港を颯爽と歩く自分を思い描き続けてきた。航空会社への就職に強い大学を第一志望にし、猛勉強した。自分の努力を振り返ると泣けてくる。この苦しみを誰かに聞いて欲しい。誰かと話すだけでも気が晴れるかも知れない。けれど、先日オンライン飲み会に誘った友達とは距離を感じる。高校時代の友人には卒業式でカッコいいことを言った手前、相談できない。

ベッドの脇でひとり、膝を抱えて泣いた。そんな私を慰めるかのようにリンの「ナーオ」という鳴き声がする。台所の隅を見るとリンが何かを齧《かじ》っていた。

「リン。ダメだよ、何でも齧っちゃ」

無理やり口を開けさせると、リンが嚙んでいたのはチケットの半券だった。

それは大学時代のボーイフレンド、上原涼《うえはらりょう》と一緒に行ったコンサートのチケットだ。四年前、彼の方から「一緒に行ってほしい」と渡され、行ったクラシックコンサート。あまりにも上品で眠くなった。けれど、それがきっかけで付き合うようになった。

涼はとても優しい人だった。けど、驚くほど優柔不断だった。お互いの就職が決まった後も、将来のことを話さなかった。結婚しようとも、別れようとも言わない涼に、私の方から『将来について何らかの約束が欲しいこと』をそれとなく言ったこともある。それでも自分の意思や将来の展望を示さない彼に苛《いら》立《だ》ち、大学を卒業する前に私の方から別れを切り出した。

『これからは別々にがんばろ』

涼は少し驚いたような、ぼんやりしたような表情をしていたけれど、何も言わなかった。――本当はまだ好きだったのに……。

それが三カ月前のことだ。今にして思えば、あの別れは一方的だった。

「リン。この人には電話できないわ。いくら何でも身勝手だよ。自分から別れを切り出したのに、人生がうまくいかなくなったら連絡するっていうのは」

そう言ってみたものの、彼の穏やかな笑顔を思い出すと、無性に声が聞きたくなった。失って初めて彼の優しさが身に染みる。

――ちょっと世間話をするだけなら……。いや、もうカノジョいるかも……。

気持ちが揺れ動いた。スマホを握りしめて悩む私を、黒猫の瞳が不思議そうに見上げている。

一時間近く悩み、未練がましく残していた『上原涼』の名前をタップした。

コール音にドキドキする。が、なかなか繋がらず、やっぱり切ってしまった。

――やっぱ、今さら、だよね。

溜息を吐き、スマホをベッドに投げた。思い通りにいかない人生が嫌になる。

絶望する私に向かってリンが「ナーオ」と鳴いた直後、スマホが鳴った。

「え？　まさか、涼？」

ドキリとし、急いでスマホを手に取ってみた。が、それは、再雇用を頼みに行った個別指導塾からの電話だった。――そんな都合のいい話はないか。

『ああ。どうも。チーフの八田ですが』

アルバイトを断った時とは別人のようにソフトな口調だった。

『あの後、数名の生徒から〝また松浦先生に教えて欲しい〟って直訴されてしまいましてね』

「え？　生徒たちから？」

カウンターでチーフと喋《しゃべ》っている私をチラチラ見ていた生徒たちを思い出す。

『松浦先生の授業は厳しいけど、とてもわかりやすかった、と。確かにあなたが受け持った生徒の成績上昇率は良かったんですよね』

生徒たちの顔を思い出し、涙が湧いて来る。

「ありがとうございます！」

スマホを握りしめたまま頭を下げた。教室にいる生徒たちに向かって。

「リン。ありがとう。お前、本当に化け猫かランプの精なんじゃないの？」

けれど、問題がなくなったわけではない。まかない付きのバイトを掛け持ちすれば食事は何とかなるだろうが、バイト代が入金されるのは一カ月後だ。今月中に来月の家賃を払うのは無理だ。コロナ前ならインターネットカフェに寝泊まりできたが、この辺りのカフェは今、二十四時間営業をしていない。

「リンちゃん。お願い。私に住むところをちょうだい」

リンが化け猫だかランプの精だかであることを前提に手を合わせて拝んでみたが、何の反応もない。

「そんなに甘くないか……」

というより、リンが塾のチラシを咥えてきたのが偶然だと考えるべきだろう。

「ごめん、ごめん。冗談よ。リンちゃん。ミルクでもあげようね」

笑って立ち上がった時、体がふらついて床にがっくりと膝をついてしまった。

――寒い……。ヤバい。なんか、熱っぽい……。

食費を浮かせるために、このところまともな食事をとっていなかった。その上、夕べ、雨に濡れてたせいで風邪をひいてしまったようだ。

孤独と不安に苛まれながらベッドに上がり、毛布にくるまった。リンがトンとベッドに飛び上がり、枕の横に腰を下ろす気配がした。そして、心配そうに「ナーオ」「ナーオ」と鳴いている。

その声を聞きながら、私は夢を見ていた。幼い頃の自分が両親と一緒に広いオモチャ屋さんにいる。目の前の棚には沢山の縫いぐるみが並んでいた。白い小さなウサギ、茶色いトイプードル、青い大きなジンベエザメ。種類が多すぎて目移りして選べない。その時、ふと、ふたつの金色の瞳と私の目が合った。

「私、この子がいい！　この黒猫ちゃんにする！　名前は……リンちゃん！」

小学生の私が黒猫の縫いぐるみをギュッと抱きしめている。違う……。これは夢じゃない。七歳の誕生日に縫いぐるみを買ってもらった時の記憶だ。

当時の私は小学校から帰ってくるとすぐに金色の瞳を持つ黒猫の縫いぐるみを腕に抱いた。そして、毎日、学校での出来事を話して聞かせた。時には悩みを相談したこともある。

が、中学に上がる頃には母が縫いぐるみを全部クローゼットの奥に片付けてしまった。私もそろそろ縫いぐるみを卒業しなければ、という気持ちがあった。

そうだ。あの縫いぐるみの名前がリンだった。

――ああ……、リン。お前だったのね。縫いぐるみのリン……。私の友達。

横になったまま、まだぼんやりした頭でリンと一緒にいた頃の素直な自分を思い出していた。初めて黒猫の瞳を見た時に、懐かしさを感じた理由がやっとわかった気がした。その時、ピンポーン、と玄関のベルが鳴った。外はもう明るくなっている。ぐっすり眠ったせいか、熱は下がったらしく、頭もすっきりしている。誰だろう……。のぞいた魚眼レンズの向こうに見覚えのある顔。

半信半疑で急いでドアを開けると、そこにスーツ姿の涼が立っていた。

「あ、ごめん。夕べの電話、やっぱり間違い電話だった？」

「あ、いや、間違いじゃなくて……。えっと……何て言えばいいのか……」

猫が齧るチケットを見て思い出したから、とは言えず、しどろもどろになる。

「今さらなんだけど……実はあの日、本当は言いたかったことがあるんだ……」と、逡巡するように足許に視線を落とした涼が、グッと顔を上げた。

「美波に『これからは別々にがんばろ』って言われた日、本当は『就職したら一緒に暮らそう』って言いたかったんだ。昨日やっと就職先の銀行の研修が終わって正社員になれて……。今朝、着信履歴に気づいて嬉しかった」

そこで言葉を切った涼は、ぎゅっと唇を噛んだ後、勇気を振り絞るような顔をして言った。

「美波と一緒に暮らしたい。今さらかも知れないだけど」

嘘……。一方的に別れを切り出した私と？　じわりと目頭が熱くなった。けど、どうしてこんなことになっているのか、頭の整理がつかない。

リンが齧っていたチケットを見て涼に電話する気になった。塾講師のことも勇気を出して頼みに行ったことで事態が好転した。昔のように素直な気持ちで、一歩踏み出した結果だ。――リンのお陰だ。

感謝の気持ちで一杯になりながら、台所の隅にリンの姿を探す。が、いつの間にか黒猫は姿を消していた。まるで、幻だったかのように。

――リン……。ありがとう。あの頃の素直な私に戻してくれて……。

涼が不思議そうに見ていた。涙を堪えられない私を。

猫と姉さんと私

那識あきら

家に誰もいないと分かっていても「ただいまー」と声を出して玄関の扉をあけるのは、小学生時代からの癖みたいなものだ。あの頃、母さんはまだパートタイマーだったけれど時々帰宅が遅くなることがあって、「家に入る時は大きな声で挨拶をして、親の不在を周囲に知られないようにしなさい」と口を酸っぱくして言っていた。お蔭で大学生になった今もつい律義に実行してしまう。

手を洗って、服を着替えて、買ってきた食材をシンク横に並べる。父も母もフルタイムで働いているから、晩御飯の用意は今は私の役目なのだ。鍋やフライパンも準備し、魚の切り身は焼く直前まで冷蔵庫に守っておいてもらおう、と考えたところで、その魚を狙うハンターの姿が見えないことに気がついた。

「ココ」と名前を呼んでから、耳を澄ます。夕方になるといつもダイニングテーブルの周囲をうろうろしているのに、どうしたのだろう。「ココー！」と少し大きな声を出したら、二階から微かにチリンと鈴の音がした。

ココがいたのは姉さんの部屋だった。就職して先月に家を出たものの、契約した賃貸が狭いと言って本を始めとする私物をあらかた置いていったから、今にも「ただいまー」と姉さんが帰ってきそうな、見慣れた室内。窓際にある日当たりのいいベッドの上に、サビ猫がもっちりと座っていた。

「ここにいたのね」と話しかけると、ココは大きな欠伸《あくび》をした。頭を撫でようとした私の手を避けるようにしてベッドからおり、部屋を出て行く。

「お姉ちゃんには素直に撫でられていたくせに」

思わず口にした独り言を振り払おうとして、私は二度三度と頭を振った。

ココは元々捨て猫だった。あれは私が小学三年生で姉さんが六年生の時、公園の隅に置かれた段ボール箱の中、ぽつんとたった一匹で寂しそうに鳴いていた小さな仔猫。「誰が世話をすると思ってるの」と反対する母さんを、姉さんと私とで「自分達で全部世話をする！」と説得して、我が家に迎え入れたのだ。

あれから十年。姉さんとは違って不器用な私のお世話は、今一つお気に召さないらしく、私は姉さんほどココに懐かれてはいなかった。そもそも公園でココを見つけた時も、私は撫でようとした手を軽くだが噛まれてしまっていた。

対して姉さんは、顎の下を掻いても頭を撫でても抱え上げても、噛まれるどころかペロペロと手を舐められてくすぐったそうに笑っていた。たぶん、そういうことなのだろう。私は溜め息を一つついて姉さんの部屋をあとにした。

「アヤちゃんのお母さんに聞いたけど、小学校のクラス会があるんだってね」

晩御飯の終わりに母さんに突然話題を振られて、私は咄嗟《とっさ》に頷くことしかできなかった。案の定、母さんは屈託なく「行くんでしょ？」と訊いてくる。

「ゼミの発表の準備とか課題とかで忙しいから、無理かも……」

「皆で集まるの卒業ぶりでしょ？　一日ぐらい遊んでも大丈夫じゃないの？」

これ以上この話を続けたくなくて、私は「ごちそうさま」と手を合わせた。

まだ何か言いたげな母さんに「課題があるから」と告げ、二階に上がる。

自分の部屋に入った私は、スマホのメッセージアプリを開いた。

新しく追加されたアイコンは、今しがた話が出たクラス会グループのものだ。

近所の同級生に誘われて参加したけれど、私はまだ一度も発言していない。

新着通知を見てトークルームに入れば『佐藤《さとう》がグループに参加しました。』

の文字に続けて『ゴリちゃん、久しぶり！』と歓迎のコメントが並んでいる。

　こういうふうに誰かが話しかけてくれたら書き込み易かったのに、と私は羨ましさを噛み締めた。私はおとなしくて目立たない子だったから、たぶん「誰だっけ？」と思われていたのだろう。仲の良かった友達は遠方に進学したこともあり不参加らしく、こんな状態でクラス会に行っても楽しいはずがない。

だいたい、大学同期のグループでも、皆の会話を邪魔してしまうのが怖くて必要最低限のやりとりしかできていないというのに。自分の人付き合いの下手さに溜め息をつきながら机に向かったその時、ふと背後に気配を感じた。

　振り返ると、ココがふわりと私のベッドに飛び乗るところだった。足のほうに寄せた掛布団の上までやってきて、こてん、と身を横たえる。ココは寂しがり屋で、こうやって人の居る部屋によくやってくるのだ。姉さんが家にいた時のことを思い出し、私は椅子を回転させてベッドのほうを向いた。両手を広げて空いている膝をアピールしてみるが、ココは一向に動く様子を見せない。

「ほら、乗らないの？　いつもお姉ちゃんの膝に乗ってたじゃない」

膝の高さも広さも姉さんと変わらないのに。姉妹で一体何が違うんだろう。

私が力無く両手をおろすのと同じタイミングで、ココが突然仰向けになった。

そのまま背中を掛布団に擦《こす》りつけるようにしてクネクネと身体を動かしている。

いかにも「触ってくれ」と言わんばかりの態度に私はすっかり嬉しくなって、そうっとココのお腹に手を伸ばした。だが、ふわふわの感触を手のひらに感じた、と思う間も無くココが素早く起き上がり、私は驚いて手を引っ込めた。

私の触り方が下手だったんだろうか。それとも……。

唇を噛む私を、ココは澄んだ丸い目でじっと見つめている。やがて軽やかにベッドからおり、今度は椅子に座る私の足に何度も顔を擦りつけてきた。

私は、自分の右手に――今しがたココに拒否された右手に――目を落とした。

ココのほうへ差し出しかけて……、ぎゅっとこぶしを握り締めて引き戻す。

あれはココを拾った少しあとのこと。姉さんが私の同級生を家に連れてきたことがあった。運動神経抜群でクラスの女子の中心的存在だったその子は、体育が苦手で友達もそんなに多くない私にとって雲の上の人だった。委員会活動で仲良くなったという二人が、お互いをファーストネームで呼び合う様子はとても親しげで、楽しそうで、舞い上がってしまった私は、姉さん同様にその子を名前で呼び……、そして姉さんが席を外した隙に、その子に不機嫌そうな声で「勝手に下の名前で呼ばないでくれる？」と拒絶されてしまったのだ。

あの瞬間の胸の痛みを、私は今でもはっきりと覚えている。彼女の言葉は針となって私に深々と突き刺さり、折れた破片が今なおじくじくと傷を疼かせて、私の足を地に縫いとめる。

視線を下にやれば、ココが行儀よく前肢を揃えてこちらを見上げていた。距離を縮めるのが怖いと思うのは、猫が相手でも変わらない。自分なんかが構っても、きっとココは嬉しくないだろう。溜め息を聞きつけたか、ココが耳をピクリと震わせた。それから、ぷいと顔を背けて去っていってしまった……。

週末の夜。クラス会グループのトーク画面に見覚えのある名前――勝手に呼ぶな、と怒られたあの名前――が表示されたのを見て、私は思わず息を詰めた。

楽しげな会話が流れていくスマホを、机の上にそっと伏せる。

と、ノートパソコンから通話アプリの呼び出し音が鳴った。ディスプレイに表示されたアイコンは、すまし顔のサビ猫。姉さんだ。『応答』をクリックした途端、「ああ無理。もう無理。社会人って無茶苦茶しんどいな！　ねえカナ、ちょっとココをモフらせて！」との怒濤《どとう》の語りがスピーカーから溢れ出した。

「モフるって、どうやって？　無理じゃない」

「バーチャルで構わないよ。ビデオ通話にしてカナがモフってるとこ見せて」

「ココを映せばいいよね。スマホに切り替えるから待って」

私の返答を聞いた姉さんが、不思議そうに「なんで？」と訊いてきた。

「わざわざスマホ使わなくても、ココをノパソ前に連れてきたらいいでしょ」

あまりにも屈託のないその言い方に、胸の奥底にさざなみが立つ。

「……お姉ちゃんと違って、私の膝には乗ってくれないから」

「あ、まあ、確かに、ココが膝に乗りたがるのは暖かな寝床を求めている時だから、そうでもないのに無理に膝に乗せても、秒で脱出するもんねえ」

予想外の言葉が返ってきて、私は知らずまばたきを繰り返した。

「でも、お姉ちゃん、ココをよく膝に乗せて遊んでたじゃない」

そう、ココが姉さんの膝に乗っていたのは眠る時に限らなかったのに。まさか、ココにも相手にされない私に同情して、適当なことを言っているのでは。

そんな私の胸中を知ってか知らずか、姉さんが得意げに笑った。

「あー、あれはまさに〈遊び〉だからねー」

「え？」

「膝にココを乗せるでしょ。眠くないココは降りようとするけど、そこで上手いこと誤魔化して気を逸らせるのよ。ココの視線や筋肉の動きを読んで、本気で嫌がられない程度に進路を妨害して、『このままここにいてもいいか』って落ち着くと私の勝ち。『やっぱ降りる』ってなったらおしまい、という勝負《あそび》」

カナもやってみたら、との声に、私は半ば呆れながら「無理」と答えた。

「ココの動きを読むとか、そんなの絶対に無理。分かりっこない」

「よーく見ればいいの。見ているうちに、少しずつ解るようになるから」

「仮に分かったとしても、無理強いなんてしたらますます嫌われる」

「だから、嫌われないように、ココの様子をよく見て……」

「お姉ちゃんはココに好かれてるから、そんなこと言えるんだよ！」

勝手に下の名前で呼ばないで。私にはそう言ったあの子が、姉さんに名前を呼ばれて嬉しそうに微笑む姿が眼裏《まなうら》にまざまざと甦る。

「えっ、カナ、急にどうしたの？」

「……好きじゃない人間に構われても、誰も喜ばない。ココだってそうだよ」

絞り出すようにして発した声は、重苦しい沈黙にひと息に呑み込まれた。

ノートパソコンの画面に、泣きそうな顔の私がぼんやりと映っている。黒っぽい色調のアプリはこれだから嫌なんだ、と八つ当たりめいたことを考えていると、姉さんが私の名を呼んだ。少し躊躇《ためら》うように、でもとても優しい声で。

「カナは気を遣いすぎなところがあるからね。それが悪いわけではないんだけど、状況や相手によってはもう少し積極的になってもいいんじゃないかな」

ここで話が飛躍したことに一瞬だけ驚いたけれど、私はすぐにピンときた。

「どうせ、お母さんがお姉ちゃんに、また余計なこと言ったんでしょ」

「あー、まあ、『クラス会って、行かなくても大丈夫なものなの？』って訊かれたから、『気が進まなかったら無理に行く必要はないよ』って言っといたよ」

姉さんは、「お母さんもカナのことを心配しているんだよ」と付け加えてから、「変なところで気を遣ってさ、この似た者母娘《おやこ》め」と豪快に笑った。

「クラス会に限らず、カナは自分の思うように行動すればいいと思うよ。ただ、さっき『好きじゃない人間に構われてもココは喜ばない』って言ったよね」

そのことが少し気になったんだけど、と姉さんは真面目な声で言葉を継いだ。

「カナがココに好かれているかどうかについては一旦脇に置いておいて、じゃあ、どうすれば今よりもっと好きになってもらえると思う？」

これまで姉さんがしていたようにしっかりお世話をすれば、そのうち私にも懐いてくれるようになるだろう。そう信じている一方で、無理だと囁《ささや》く声もする。私が答えられずにいると、姉さんが話の切り口を少しばかり変えてきた。

「人間同士だと、きちんとコミュニケーションをとって互いに相手のことをよく知って、その結果、好きとか嫌いとかそういう感想が出てくるわけでしょ。猫が相手のことをきちんと考慮しないと、ただの身勝手な奴になってしまう。猫のでも猫は人間の言葉を話せないから、その分こちらが猫の気持ちを読み取らなきゃならない。動きや表情をしっかり見なきゃいけない。

何故そういう行動をとったのか。何を考えているのか。でね、カナが悩まなきゃならないのは、『構うか構わないか』じゃなくて『どう構うか』なのよ」

「構うか構わないか、じゃなくて」と呟いた私に姉さんは「そう」と力強く頷いて、そうして今度は一転して悪戯《いたずら》っぽい声音で、驚くべきことを口にした。

「それに、絶対カナのほうが私よりもココと相性が良いと思うんだよね……」

その瞬間、私は反射的に「嘘！」と声を上げてしまっていた。

「いいかげんなこと言わないでよ。ココ、夜はいつもお姉ちゃんと一緒に寝てたじゃない。この間も、私が家に帰ってきたらお姉ちゃんの部屋にいたし」

「私はココを布団に積極的に入れていいたからね。自分から入ってくるようになったのは『この布団には入っても問題ない』と学習したからだよ。ついでに、ココが手触りを気に入ってるっぽいシーツを選んで私専用にしてたし。だからあれは、私が好かれているんじゃなくて私の布団が好かれていたのよ」

「でも、お姉ちゃん、よくココを呼び寄せてたけど、私が呼んでも来ないよ」

「お腹空いたとか寂しいとかタイミングさえ良ければ、お母さんが『よっこいしょ』って言っても寄ってくるよ。そうでない時は、興味を惹けばいいのよ。例えば、一度視線を合わせてから、これ見よがしに逸らす、とか、ね」

得意げな声はそこで途切れ、次いで深呼吸の音が聞こえた。

「リビングでテレビを観てる時って、私がソファに、カナは食卓の自分の椅子に座ってることが多かったでしょ。その時にココがどこにいたか憶えてる？ソファの、私が座っているのとは反対側の肘掛けの横だよ。いつもそう」

それは、私の席からは手を伸ばせばすぐ届く位置だ。私は大きく息を呑んだ。

「気づいてなかったでしょ？」と姉さんが笑った。「このこと、絶対にカナには教えてやるもんか、って思ってたんだけど！」なんて、楽しそうに。

それから私と姉さんは、小一時間ほど互いに近況（というか愚痴）を報告し合って通話を終えた。最後に姉さんが「ココの世話、適当にお父さんやお母さんにも任せたらいいんだよ。三月の私の引っ越しの時に、二人とも『私達だってココちゃんのお世話ができるんだよ』ってそわそわしながら言ってたし」などと暴露するものだから、しばらく笑いが込み上げてきて困ってしまった。

次の日、晩御飯を終えて部屋で課題をしていると、またココがやってきた。ベッドの上に落ち着いたかと思えば、先日のように仰向けになってお腹を見せてくる。ちょっと悩んだけれど思いきって、でもおずおずと、私はココに向かって手を伸ばし……、そこでココが僅かに顎を引いたことに気がついた。

「もしかして……触ってほしいのはお腹ではない、の……？」

そういえば、姉さんがココのお腹を触っているところを見たことがないような気がする。私は少し考えて、普段触っている顎の下へと目標を変えた。喉を突いてしまわないように気をつけて、こしょこしょと軽く指先で掻いてみる。途端にココがクネクネしながら私の手に頬を擦りつけてきた。うっとりとした顔でゴロゴロと喉を鳴らす様子が嬉しくて、私は一心にココを掻き続ける。

やがてココの反応が若干鈍くなってきた。顎はもういいのかな、と思って今度は頭を撫でようとした、その時、一瞬ココが緊張したように感じた。

「頭を撫でるだけだよ」と弁解してから、私はハッと息を呑んだ。ココが不安に思わないようにまず頬を撫で、そのまま耳の後ろから頭へと手を滑らせる。

よく考えれば、予告も無く真正面から真っ直ぐ手が向かってきたら、私だってびっくりする。相手が自分よりもずっと身体の大きな存在ならなおのことだ。

ココが気持ちよさそうに目を閉じた。その安心しきった顔を見ているうちに、胸の奥から熱いものが込み上げてくる。

同時に、公園でココを見つけた時のことが脳裏に浮かび上がってきた。仔猫一匹には不釣り合いな大きさの箱の中、毛布に埋もれてか細く鳴いていたココ。同じ登校班の五年生の男子が、一緒に捨てられていた他のきょうだいは既に全員拾われていった、と言っていた。茶トラに黒に白黒と毛並みの綺麗な仔から引き取られ、汚れた毛玉みたいなコイツ一匹だけが残ってしまってるんだ、と。

姉さんと違ってみそっかすな私には、とても他人事とは思えなかった。幸せにしてあげたい、と心から願った。それが、今、こうやって叶っている……。

スマホが震えて、またクラス会グループの新着通知が届いた。

下の名前で呼ばないで、と言ったあの子のことを、私はどれぐらい解っていただろうか。そもそもあの子が姉さんに連れられて家にやってきたあの時まで、私達はほとんど喋《しゃべ》ったことが無かったのだ。全然知らないただのクラスメイトに突然馴れ馴れしくされたら、あの子じゃなくても戸惑うに決まっている。

それに……。今、あらためて考えると私には、「私はあなたが慕っている人の妹なんだぞ」という、虎の威を借るような気持ちがあった気がする。自分の甘えに目をつむり、トラウマなどと被害者ぶっていた自分が情けない。

「勇気を出してみようかな……」

まずは、第一歩。クラス会グループのトークルームで挨拶をしてみよう。実際にクラス会に出席するかどうかは、それから決めても遅くない。

撫でる手が止まっているぞ、とばかりに、ココが「ニャア」と声を上げた。

この物語はフィクションです。
実在の人物、団体等とは一切関係がありません。
本作は、書き下ろしです。

PROFILE 著者プロフィール

猫が飼いたい

天ヶ森雀

2015年『純情欲望スイートマニュアル』（蜜夢文庫）で紙書籍デビュー。主にTL界隈に生息。著書に『アラサー女子と多忙な王子様のオトナな関係』（蜜夢文庫）や御伽噺シリーズ他。日々上昇する忘却粗忽能力と格闘中。

星取り網と夜の猫

沖田円

愛知県出身。著書に『僕は何度でも、きみに初めての恋をする。』（スターツ出版）、『千年桜の奇跡を、きみに 神様の棲む咲久良町』（ポプラ社）、『猫に嫁入り～黄泉路横丁の縁結び』（小学館）など。

コーリング・ユー

浜野稚子

2017年『レストラン・タブリエの幸せマリアージュ』（マイナビ出版ファン文庫）でデビュー。関西在住。うっかり出てくる独り言をなんとかしたい年頃。推敲作業が好き過ぎて文章の完成に時間がかかるのが目下の悩み。

あの夏の日の猫

一色美雨季

『浄天眼謎とき異聞録　明治つれづれ推理』で第2回お仕事小説コングランプリを受賞。その他著書に『吉原水上遊郭まやかし婚姻譚』（ポプラ文庫ピュアフル）など。美雨季名義でノベライズも手掛ける。

風に消えない幸福のかけら

澤ノ倉クナリ

千葉県出身、長野県在住。マイナビ出版ファン文庫より『黒手毬珈琲館に灯はともる　優しい雨と、オレンジ・カプチーノ』が発売中。猫というのは、特段猫好きのつもりはない人（私とか）をもデレデレにさせるから凄いですね。

お猫さま審判

烏丸紫明

兵庫県在住の作家。2013年に別ペンネームで作家デビュー。2019年に烏丸紫明の名でキャラ文芸・ライト文芸ジャンルで活動開始。著書に『晴明さんちの不憫な大家』（アルファポリス文庫）など、多数。

猫背くんと迷い込んだ猫

日野裕太郎

東京都葛飾区在住。家でもおもてでも、猫を見かけるとそのあとを追って歩いています。著作は『夜に誘うもの』（徳間文庫）など。日野裕太郎・日野さつき名義を使い、現在恋愛小説を中心に活動中。

おばあちゃんと猫だより

編乃肌

石川県出身。第2回お仕事小説コン特別賞受賞作『花屋ゆめゆめで不思議な花束を』（マイナビ出版ファン文庫）でデビュー。『ウソつき夫婦のあやかし婚姻事情　旦那さまは最強の天邪鬼!?』（スターツ出版）など。

猫と父と月の夜

神野オキナ

沖縄県出身在住。主な著書に『カミカゼの邦』『警察庁私設特務部隊KUDAN』（徳間文庫）『（宵闇）は誘う』（LINE文庫）『タロット・ナイト』（双葉社）など。最新刊に『国防特行班E510』（小学館）。

天邪鬼の勇気

国沢裕

日本心理学会認定心理士。拳法有段者。懸賞マニア。著書に『魔女ラーラと私とハーブティー』『迷宮のキャンバス』（ともにマイナビ出版ファン文庫）のほか、恋愛小説も多数執筆。読書と柑橘類と紅茶が好き。

化け猫リン

浅海ユウ

山口県出身。関西在住。著書に『神様の御朱印帳』『お悩み相談室の社内事件簿』『骨董屋猫亀堂・にゃんこ店長の不思議議帳』『京都あやかし料亭のまかない御飯』『ラストレター』『空ガール』他がある。

猫と姉さんと私

那識あきら

大阪生まれ奈良育ち兵庫在住。子供の頃の愛読書は翻訳ミステリや冒険もの。ヴェルヌとドイルに出会わなければ現在の自分はなかったと思っている。著書に『リケジョの法則』（マイナビ出版ファン文庫）など。

猫の泣ける話

2021年6月30日　初版第1刷発行

著　者　天ヶ森雀／沖田円／浜野稚子／一色美雨季／澤ノ倉クナリ／烏丸紫明／日野裕太郎／編乃肌／神野オキナ／国沢裕／浅海ユウ／那識あきら
発行者　滝口直樹
編集　ファン文庫Tears編集部、株式会社イマーゴ
発行所　株式会社マイナビ出版
〒101-0003　東京都千代田区一ツ橋二丁目6番3号 一ツ橋ビル　2F
TEL　0480-38-6872（注文専用ダイヤル）
TEL　03-3556-2731（販売部）
TEL　03-3556-2735（編集部）
URL　https://book.mynavi.jp/

イラスト　sassa
装　幀　坂井正規
フォーマット　ベイブリッジ・スタジオ
DTP　田辺一美（マイナビ出版）
印刷・製本　中央精版印刷株式会社

 ISBN978-4-8399-7609-5
Printed in Japan

東京駅・大阪駅であった泣ける話

著者／朝比奈歩・ひらび久美・桔梗楓　ほか
イラスト／sassa

あなたが最後に泣いたのは、
いつだったか覚えていますか？

再会の場所、お別れの場所。
東京駅・大阪駅での一場面が、
人生の分岐点に。